U1005094

國家社科基金重大委托項目“《子海》整理與研究”成果

山東省社科規劃重大委托項目成果

子海精華編

主編　王承略　副主編　聶濟冬

晏子春秋

唐子恒　點校

鳳凰出版社

圖書在版編目（CIP）數據

晏子春秋 / 唐子恒點校. -- 南京 : 鳳凰出版社,
2017.10
（子海精華編 / 王承略主編）
ISBN 978-7-5506-2676-8

Ⅰ. ①晏… Ⅱ. ①唐… Ⅲ. ①先秦哲學②《晏子春秋》 Ⅳ. ①B220.1

中國版本圖書館CIP數據核字(2017)第245766號

書　　名	晏子春秋
著　　者	唐子恒 點校
責任編輯	林日波
出版發行	鳳凰出版社(原江蘇古籍出版社)
	發行部電話025-83223462
出版社地址	南京市中央路165號,郵編:210009
出版社網址	http://www.fhcbs.com
照　　排	江蘇鳳凰製版有限公司
印　　刷	南通印刷總廠有限公司
	南通市通州經濟開發區朝霞路180號,郵編:226300
開　　本	890×1240毫米　1/32
印　　張	5.25
字　　數	114千字
版　　次	2017年10月第1版　2017年10月第1次印刷
標準書號	ISBN 978-7-5506-2676-8
定　　價	35.00圓
	(本書凡印裝錯誤可向承印廠調换,電話:0513-80237871)

國家社科基金重大委托項目“《子海》整理與研究”成果之一

《子海精華編》

工作委員會

主　　任：樊麗明　孫守剛

副 主 任：李建軍　胡金焱　張建康　周　斌

委　　員（按姓氏筆畫排列）：

王　飛　王君松　王學典　方　輝　巴金文　邢占軍

杜　福　李平生　李劍峰　佘江濤　孫鳳收　陳宏偉

劉丕平　劉洪渭

編纂委員會

學術顧問：安平秋　周勛初　葉國良　林慶彰　池田知久

總 編 纂：鄭傑文（首席專家）　王培源

副總編纂：王承略　劉心明

委　　員（按姓氏筆畫排列）：

王　瑋　王　震　王小婷　王國良　李　梅　李士彪

李玉清　何　永　宋開玉　苗　菁　林日波　郝潤華

姜　濤　姜小青　馬慶洲　秦躍宇　高海安　陳元峰

黃懷信　張　兵　張曉生　單承彬　蔡先金　漆永祥

鄧駿捷　蘭　翠　竇秀豔

審稿專家：周立昇　鄭慶篤　王洲明　吳慶峰　林開甲　張崇琛

唐子恒　徐有富　晁岳佩

執行主編：王承略　聶濟冬

執行編纂（按姓氏筆畫排列）：

王成厚　王　娜　尹思琦　曲娟娟　李　兵　宋恩來

苗　露　柏　雲　柳湘瑜　張雨霏　賈　兵　蘇運蕾

編　　務：張　櫻　劉　端　孫紅苑　沈　虎

本書審稿專家：葉國良

《子海精華編》出版説明

“子海”，即“子書淵海”的簡稱。“《子海》整理與研究”課題係國家社科基金重大委托項目、山東省社科規劃重大委托項目。該課題分《珍本編》、《精華編》、《研究編》、《翻譯編》四個版塊，力圖把子部珍稀文獻、精華文獻進行深層次的整理、研究和譯介，挖掘子部文獻的價值，促進子學研究的發展。

山東大學向來以文史見長。古籍整理與子學研究，是其中的傳統研究方向。“《子海》整理與研究”，是在山東大學前輩學者高亨先生積30年之力陸續做成的《先秦諸子研究文獻目録》的基础上，由已故著名古籍整理與研究專家董治安先生參與策劃、設計的大型綜合研究課題。課題立項後，得到了中宣部、教育部、財政部、山東省政府和山東大學的大力支持，學界同仁踴躍參與。《精華編》的整理研究團隊近200人，來自海内外48所高校和研究機構。在組織管理上，《精華編》努力探索傳統文化研究協同創新的新體制、新機制，現已呈現出活力和實效。

華夏文明是由多元文化構築而成的。中國古代子部典籍，以歷代士人個性化作品的形式，系統性地展示了華夏民族的世界觀和方法論，立體性地反映了中華民族對世界文明發展的貢獻。其中，無論是宏篇大論，還是叢殘小語，都激蕩著歷史的聲音,閃爍著智慧的光芒,構成中國古代思想、藝術、科技和生活方式的主體内容。《精華編》通過對子部最優秀的典籍的整理,一方面擷英取粹,爲華夏文明的傳播提供可靠的資源和文本;另一方面以古鑒今,爲當下社會的發展提供智力支持和精神支撑。并希望進而梳理中華傳統文化的多元結構,繼承中華優秀傳統文化的一貫文脈。

根據漢代以後子學發展和子部典籍的實際情況,參照官私目録的分類與著録,《精華編》選取先秦諸子、儒學、兵家、法家、農家、醫家、曆算、術數、藝術、雜家、小説家、譜録、釋道、類書等十四個類目的要籍幾百種,編爲目録,作爲整理的依據,而在成果展現上則不出現具體的類目。爲統一體例,便於工作,《精華編》編有詳細的《整理細則》,并有簡明的《整理要則》,供整理者遵循使用。

《精華編》整理原則是,對每種子書的整理,突出學術性、資料性和創新性,力求吸納已有的整理成果,推出更具參考價值、更方便閱讀的整理文本。所採用的整理方式,大體有三種:一、部頭較大且前人未曾整理者,採用標點、校勘的方式整理;二、前人曾經標點、校勘者,或採用抽换更好或别具學術特色底本的方式整理,或採用集校、集注的方式整理,或採用校箋、疏證的方式整理,或綜合使用以上方式;三、前人已有較好的注本者,則採用集注、彙評、補正等方式整理。

《精華編》採用五次校審、遞進推動的管理程式,即:一、初校全稿。子海編纂中心組織碩、博研究生,修改文稿錯别字,規範異體字,調整格式,發現并標明校點中的不妥之處。二、初審文稿。子海編纂中心的編纂人員根據情況,解決初校時發現的問題,并判斷書稿的整體質量。三、匿名評審。

聘請資深教授通審全稿，全面進行學術把關，消滅硬傷，寫出審稿意見。四、修改文稿。子海編纂中心及時把專家審稿意見反饋給整理者。整理者根據審稿意見修改，做出新文稿。五、終審文稿。待新文稿返回子海編纂中心後，總編纂作最後的學術質量把關。五步程序完成後，將文稿交付出版社。

五次校審的目的是爲了保證學術質量，提高整理水平，減少錯訛硬傷。但校書如掃塵埃落葉，隨掃隨有，《精華編》雖經多道程序嚴加把關，仍難免有錯，懇請方家不吝指教。子海編纂中心將及時總結經驗，吸取教訓，把工作做得更好，以實現課題設計的初衷。

目録

整理説明

《晏子春秋》主要記録春秋時代齊相晏嬰的言行事迹。晏嬰(?～前500),字仲,謚平(《史記·管晏列傳》司馬貞《索隱》),一説名嬰,謚平仲(《漢書·藝文志·諸子略》班固自注),後人又稱"晏子",春秋萊之夷維(在今山東高密)人,齊上大夫晏弱之子,歷仕齊靈公、莊公、景公三朝,輔政達五十餘年。他對内輔佐國政,屢諫齊君,對外多次出使,不辱使命;富有正義感,不隨波逐流,生活節儉,禮賢下士,同情民間疾苦。除《晏子春秋》外,其事迹言論等還見於《左傳》、《墨子》、《列子》、《吕氏春秋》、《淮南子》、《史記》之《管晏列傳》、《齊世家》、《晋世家》、《孔子世家》等,還有《新序》、《列女傳》、《風俗通》以及《韓詩外傳》、《説苑》、《論衡》、《孔叢子》、《子華子》等典籍。

《史記》本傳載太史公曾讀《晏子春秋》,這是對該書的最早記録。《史記索隱》云《晏子春秋》是晏嬰所著,《史記正義》稱:"《七略》云《晏子春秋》七篇,在儒家。"劉向《晏子叙録》定爲八篇二百一十五章。《漢書·藝文志·諸子略》著録書名爲"《晏子》",且云八篇。《隋書·經籍志》、《舊唐書·經籍志》、《新唐書·藝文志》均著録爲《晏子春秋》七卷,晏嬰撰。但後世學者研究認爲,今所見《晏子春秋》並非出自晏嬰之手,於是,該書的真實作者及成書年代就都成了值得探討的問題。

唐柳宗元首先對晏嬰是《晏子春秋》的作者的説法提出懷疑,認爲是“墨子之徒有齊人者爲之”。因爲《晏子春秋》記録了部分晏嬰臨死乃至死後的事情,説明該書不是晏嬰親撰,至少不全是晏嬰的作品。至於説該書是“墨子之徒有齊人者爲之”,吴則虞先生在其《晏子春秋集釋·序言》中提出了批駁,其説可信。還有人認爲《晏子春秋》是六朝時人所僞造。但這種説法無法解釋西漢的很多典籍(如《韓詩外傳》、《説苑》、《新序》、《列女傳》等)引用過《晏子春秋》這一事實,這一點,吴則虞先生在其《晏子春秋集釋·序言》中也曾提及。而且,山東臨沂銀雀山漢墓中出土了包括《晏子春秋》在内的竹簡,更説明該書不可能是六朝人所作。

高亨先生在《〈晏子春秋〉的寫作年代》一文中把《晏子春秋》與《墨子》、《荀子》、《吕氏春秋》等典籍相互比較論證,認爲《晏子春秋》作於戰國時代,作者當是齊人或久居齊國的人;秦火之後經劉向校編及後人傳抄,書中可能雜有後人增添的語句甚至章節。

吴則虞先生根據《晏子春秋》引《詩》等情況,推測該書成於“秦政統一六國後的一段時間之内”,成書地點“可能就在原秦國境内”,而作者可能是齊人淳于越。

董治安先生在其《説〈晏子春秋〉》一文中指出:一、漢人常引用《晏子春秋》中的故事和文辭;二、《晏子春秋》與《左傳》有不少内容相同的記載,但是也有一部分記載僅見於《晏子春秋》而不見於《左傳》;三、《晏子春秋》本身有許多處可以參訂秦漢著作的文辭。由此認爲:《晏子春秋》不可能是漢以後人雜抄諸家、拼湊起来的,而是一部獨立的、先秦時代的著作;它的編寫者,大約是稍晚於晏子的戰國時人。此外,針對吴則虞先生的一些關於《晏子春秋》的觀點,董先生在《與吴則虞先生談〈晏子春秋〉的時代》一文中也做了商榷,進一步證明該書産生於戰國時期。1972 年,山東臨沂銀雀山一號漢墓中出土了 4900 多枚竹簡,其中整理出《晏子》共 102 枚,内容分十六章,散見於今本八篇中的十八章。參與整理的駢宇騫先生將所整理出的這部分内容寫成《晏子春秋校釋》,並在《序言》中指出:《晏子春秋》的成書年代最晚不會晚於秦統一六國,從書中的内容及其語言用字來看,很可能還會更早一些。

《晏子春秋》的版本及歷代注釋很多。吴則虞《晏子春秋集釋・晏子春秋版本及箋校書目》所列上世紀 50 年代以前的版本和箋校著作就有近 70 種。其中最早的是元刻本,此版本今天已難見到,其中部分内容保存在後人的箋校著作中。現在較爲常見的版本有清王懿榮跋、周鑾詒題款的明刻八卷本,明沈啓南刻八卷本,清丁丙跋之明活字八卷印本,明藏修館刻七卷本,明淩濛初刻套印六卷本,清乾隆中畢沅刻《經訓堂叢書》本,王念孫校之清嘉慶二十一年(1816)吴鼒刻八卷本,清光緒中浙江書局刻《二十二子》本,等等。此外,駢宇騫先生將 1972 年山東臨沂銀雀山一號漢墓中出土《晏子》竹簡整理爲《晏子春秋校釋》一書,於 1988 年由書目文獻出版社出版。該書據《晏子》竹簡文(書中簡稱"簡本")與《四部叢刊》影印明活字本(書中簡稱"明本")校勘,並參考其它有關文獻整理而成。

此次整理以《四部叢刊・史部》所收《晏子春秋》十卷本

（據江南圖書館藏明活字本影印，簡稱“叢刊本”）爲底本，校以元刻本、畢沅刻《經訓堂叢書》本（簡稱“經訓堂本”）、清光緒中浙江書局刻《二十二子》本（簡稱“《二十二子》本”），並參考駢宇騫《晏子春秋校釋》（仍簡稱“簡本”），對盧文弨《群書拾補》中有關元刻本的校勘内容也酌情收録。

現代人對《晏子春秋》的整理注釋著作主要有民國張純一《晏子春秋校注》及今人吴則虞《晏子春秋集釋》。

本書整理，力戒繁瑣，唯欲簡潔，各本之間的異體字，常見之古今字、通假字等差異不一一出校。《晏子春秋》一書傳世既久，脱衍訛誤頗多，整理中遇有文不成義、難以讀通之處，則酌情采擷王念孫《讀書雜志·晏子春秋》、孫星衍《晏子春秋音義》、盧文弨《群書拾補·晏子春秋校正》、俞樾《諸子平議》、孫詒讓《札迻》、蘇輿《校定晏子春秋》、劉師培《晏子春秋補釋》之校勘成果，間或引出《北堂書鈔》、《藝文類聚》、《太平御覽》等類書以及《説苑》等典籍所保存的《晏子春秋》異文，以供讀者參考。

劉向叙録

晏子春秋目録[1]

右《晏子》凡內外八篇總二百十五章

護左都水使者光禄大夫臣向言：所校中書《晏子》十一篇，臣向謹與長社尉臣參校讎，太史書五篇，臣向書一篇，參書十三篇，凡中外書三十篇，爲八百三十八章。除復重二十二篇六百三十八章，定著八篇二百一十五章。外書無有三十六章，中書無有七十一章，中外皆有以相定。中書以"夭"爲"芳"、"文"爲"備"、"先"爲"牛"、"章"爲"長"，如此類者多，謹

① 此目録與書中各卷首目録文字小異，兹不一一標出。
② "三"，原作"二"。《內篇問下》實爲三十章，底本誤爲"二十章"，今徑改。

頗略椾，皆已定以殺青，書可繕寫。

晏子名嬰，謚平仲，萊人。萊者，今東萊地也。晏子博聞強記，通于古今。事齊靈公、莊公、景公，以節儉力行，盡忠極諫道齊，國君得以正行，百姓得以附親。不用則退耕于野，用則必不詘義。不可脅以邪，白刃雖交胸，終不受崔杼之劫。諫齊君懸而至，順而刻，及使諸侯，[①]莫能詘其辭，其博通如此。蓋次管仲，内能親親，外能厚賢，居相國之位，受萬鍾之禄，故親戚待其禄而衣食五百餘家，處士待而舉火者亦甚衆。晏子衣苴布之衣，麋鹿之裘，駕敝車疲馬，盡以禄給親戚朋友，齊人以此重之。

晏子蓋短，[②]其書六篇，皆忠諫其君，文章可觀，義理可法，皆合六經之義。又有復重，文辭頗異，不敢遺失，復列以爲一篇。又有頗不合經術，似非晏子言，疑後世辯士所爲者，故亦不敢失，復以爲一篇，凡八篇。其六篇可常置旁御觀。謹第録。臣向昧死上。

---

① "侯"，原作"候"，據《二十二子》本、經訓堂本改。

② "蓋短"下，原有夾注"疑缺"。

内篇諫上第一凡二十五章

莊公矜勇力不顧行義晏子諫第一

莊公奮乎勇力，不顧于行義。勇力之士，無忌于國，貴賤不薦善，逼邇不引過，故晏子見公。公曰："古者亦有徒以勇力立于世者乎？"晏子對曰："嬰聞之，輕死以行禮謂之勇，誅暴不避彊謂之力。故勇力之立也，以行其禮義也。湯武用兵而不爲逆，并國而不爲貪，仁義之理也。誅暴不避彊，替罪不避衆，勇力之行也。古之爲勇力者，行禮義也。今上無仁義之理，下無替罪誅暴之行，而徒以勇力立于世，則諸侯行之以國危，匹夫行之以家殘。昔夏之衰也，有推侈、大戲，殷之衰也，有費仲、惡來，足走千里，手裂兕虎，任之以力，夌轢天下，威戮無罪，崇尚勇力，不顧義理。是以桀紂以滅，殷夏以衰。今公自奮乎勇力，不顧乎行義，勇力之士，無忌于國，身立威彊，行本淫暴，貴戚不薦善，逼邇不引過，反聖王之德，而循滅

① "一"，原脱。據卷内章題及正文補。
② "第"，原作"弟"，據《二十二子》本、經訓堂本改。

君之行,用此存者,嬰未聞有也。"

景公飲酒酣願諸大夫無爲禮晏子諫第二

景公飲酒酣。曰:"今日願與諸大夫爲樂飲,請無爲禮。"晏子蹴然改容曰:"君之言過矣!群臣固欲君之無禮也。力多足以勝其長,勇多足以弑君,而禮不使也。禽獸矣力爲政,①彊者犯弱,故日易主,②今君去禮,則是禽獸也。群臣以力爲政,彊者犯弱,而日易主,君將安立矣!凡人之所以貴于禽獸者,以有禮也。故《詩》曰:'人而無禮,胡不遄死。'禮不可無也。"公湎而不聽。少間,公出,晏子不起;公入,不起;交舉則先飲。公怒,色變,抑手疾視曰:"嚮者夫子之教寡人無禮之不可也,寡人出入不起,交舉則先飲,禮也?"晏子避席再拜稽首而請曰:"嬰敢與君言而忘之乎?臣以致無禮之實也。君若欲無禮,此是已!"公曰:"若是,孤之罪也。夫子就席,寡人聞命矣。"觴三行,遂罷酒。蓋是後也,飭法修禮以治國政,而百姓肅也。

景公飲酒酲三日而後發晏子諫第三

景公飲酒,酲,三日而後發。晏子見曰:"君病酒乎?"公曰:"然。③"晏子曰:"古之飲酒也,足以通氣合好而已矣。故男不群樂以妨事,女不群樂以妨功。男女群樂者,周觴五獻,

① "矣",當爲"以"字音近之誤。
② "日",原誤作"曰",據下文"而日易主"及孫星衍說改。
③ "然"下,簡本有"□三日而後發"六字。

過之者誅。君身服之,故外無怨治,[①]内無亂行[②]。今一日飲酒,而三日寢之,國治怒乎外,[③]左右亂乎内。以刑罰自防者,勸乎爲非;以賞譽自勸者,惰乎爲善。上離德行,民輕賞罰,失所以爲國矣。願君節之也!"

景公飲酒七日不納弦章之言晏子諫第四

景公飲酒,七日七夜不止。弦章諫曰:"君欲飲酒七日七夜,章願君廢酒也!不然,章賜死。"晏子入見,公曰:"章諫吾曰:'願君之廢酒也!不然,章賜死。'如是而聽之,則臣爲制也;不聽,又愛其死。"晏子曰:"幸矣章遇君也!今章遇桀紂者,[④]章死久矣。"於是公遂廢酒。

景公飲酒不恤天災致能歌者晏子諫第五

景公之時,霖雨十有七日。公飲酒,日夜相繼。晏子請發粟于民,三請,不見許。公命柏遽巡國,致能歌者。晏子聞之,不説,遂分家粟于氓,致任器于陌,徒行見公曰:"十有七日矣!懷寶鄉有數十,[⑤]飢氓里有數家。百姓老弱,凍寒不

---

① "外",簡本作"上"。

② "内",簡本作"下"。

③ "怒",《二十二子》本、經訓堂本、簡本作"怨"。

④ "今",《二十二子》本、經訓堂本作"令"。

⑤ "懷寶",王念孫云:"予謂'懷寶'當爲'壞室','壞室'與'飢氓'對文,下文云'室不能禦者予之金',是其證也。'懷'與'壞'字相似,俗書'寶'字作'宝',與'室'亦相似,故'壞室'誤爲'懷寶'。後人不達,又改'宝'爲'寶'耳。"案王説甚是,下文"懷寶"同此。

得短褐，飢餓不得糟糠，敝撤無走，四顧無告。而君不恤，日夜飲酒，令國致樂不已。馬食府粟，狗饜芻豢，三保之妾，俱足粱肉。① 狗馬保妾，不已厚乎？民氓百姓，不亦薄乎？故里窮而無告，無樂有上矣；饑餓而無告，無樂有君矣。嬰奉數之策，以隨百官之吏，民饑餓窮約而無告，使上淫湎失本而不恤，嬰之罪大矣。"再拜稽首，請身而去，遂走而出。公從之，兼于塗而不能逮，令趣駕，追晏子其家，不及。粟米盡于氓，任器存于陌，公驅，及之康内。公下車從晏子曰："寡人有罪，夫子倍棄不援，寡人不足以有約也，夫子不顧社稷百姓乎？願夫子之幸存寡人，寡人請奉齊國之粟米財貨，委之百姓，多寡輕重，惟夫子之令。"遂拜于途。晏子乃返。命稟巡氓，家有布縷之本而絶食者，使有終月之委；絶本之家，使有期年之食；無委積之氓，與之薪橑，使足以畢霖雨。令柏巡氓，家室不能禦者，予之金。巡求氓寡、用財乏者，死。三日而畢，後者，若不用令之罪。公出舍，損肉撤酒，馬不食府粟，狗不食飦肉，辟拂嗛齊，酒徒減賜。三日，吏告畢上：貧氓萬七千家，用粟九十七萬鐘，薪橑萬三千乘；懷寶二千七百家，用金三千。公然後就内退食，琴瑟不張，鐘鼓不陳。晏子請左右與可令歌舞足以留思虞者退之，辟拂三千，謝于下陳。人待三，士待四，②出之關外也。

---

① "粱"，原作"梁"，據《二十二子》本、經訓堂本改。
② 二"待"字，元刻本作"侍"。

景公夜聽新樂而不朝晏子諫第六

晏子朝，杜扃望羊待于朝。晏子曰："君奚故不朝？"對曰："君夜發不可以。"晏子曰："何故？"對曰："梁丘據扃入歌人虞，變齊音。"晏子退朝，命宗祝修禮而拘虞。公聞之而怒曰："何故而拘虞？"晏子曰："以新樂淫君。"公曰："諸侯之事，百官之政，寡人願以請子。酒醴之味，金石之聲，願夫子無與焉。夫樂，何必夫故哉？[①]"對曰："夫樂亡而禮從之，禮亡而政從之，政亡而國從之。國衰，臣懼君之逆政之行。有歌，紂作《北里》，幽厲之聲，顧夫淫以鄙而偕亡。君奚輕變夫故哉？"公曰："不幸有社稷之業，不擇言而出之，請受命矣。"

景公燕賞無功而罪有司晏子諫第七

景公燕賞于國内，萬鍾者三，千鍾者五，令三出，而職計莫之從。一作"職計筭之"，并下"士師"亦同。公怒，令免職計。令三出，而士師莫之從。公不説。晏子見，公謂晏子曰："寡人聞君國者，愛人則能利之，惡人則能疏之。今寡人愛人不能利，惡人不能疏，失君道矣。"晏子曰："嬰聞之，君正臣從謂之順，君僻臣從謂之逆。今君賞讒諛之民，而令吏必從，則是使君失其道，臣失其守也。先王之立愛，以勸善也，其立惡，以禁暴也。昔者三代之興也，利于國者愛之，害于國者惡之，故明所愛而賢良衆，明所惡而邪僻滅，是以天下治平，百姓和集。及其衰也，行安簡易，身安逸樂，順于己者愛之，逆于己

---

① "何必夫故"，原作"何夫必攻"，據《二十二子》本、經訓堂本改。

者惡之，故明所愛而邪僻繁，明所惡而賢良滅，離散百姓，危覆社稷。君上不度聖王之興，而下不觀惰君之衰，臣懼君之逆政之行，有司不敢爭，以覆社稷，危宗廟。”公曰：“寡人不知也，請從士師之策。”國内之禄所收者三也。

景公信用讒佞賞罰失中晏子諫第八

景公信用讒佞，賞無功，罰不辜。晏子諫曰：“臣聞明君望聖人而信其教，不聞聽讒佞以誅賞。今與左右相悦頌也，曰：‘比死者勉爲樂乎！吾安能爲仁而愈黥民耳矣！’故内寵之妾迫奪于國，外寵之臣矯奪于鄙，執法之吏，並荷百姓。民愁苦約病，而奸驅尤佚，隱情奄惡，蔽諂其上，故雖有至聖大賢，豈能勝若讒哉！是以忠臣之常有災傷也。臣聞古者之士，可與得之，不可與失之；可與進之，不可與退之。臣請逃之矣。”遂鞭馬而出。[①]公使韓子休追之曰：“孤不仁，不能順教，以至此極，夫子休國焉而往，寡人將從而後。”晏子遂鞭馬而返。其僕曰：“嚮之去何速？今之返又何速？”晏子曰：“非子之所知也，公之言至矣。”

景公愛嬖妾隨其所欲晏子諫第九

翟王子羨臣于景公，以重駕，公觀之而不説也。嬖人嬰子欲觀之，公曰：“及晏子寢病也。”居囿中臺上以觀之，嬰子説之，因爲之請曰：“厚禄之！”公許諾。晏子起病而見公，公

---

① “鞭馬而出”，原作“鞭而馬出”，據《二十二子》本、經訓堂本改。

曰："翟王子羡之駕，寡人甚説之，請使之示乎？"晏子曰："駕御之事，臣無職焉。"公曰："寡人一樂之，是欲禄之以萬鍾，其足乎？"對曰："昔衛士東野之駕也，公説之，嬰子不説，公曰不説，[1]遂不觀。今翟王子羡之駕也，公不説，嬰子説，公因悦之；爲請，公許之，則是婦人爲制也。且不樂治人，而樂治馬，不厚禄賢人，而厚禄御夫。昔者先君桓公之地狹於今，修法治，廣政教，以霸諸侯。今君，一諸侯無能親也，歲凶年饑，道途死者相望也。君不此憂恥，而惟圖耳目之樂，不修先君之功烈，而惟飾駕御之伎，則公不顧民而忘國甚矣。且《詩》曰：'載驂載駟。君子所誡。'夫駕八，固非制也，今又重此，其爲非制也，不滋甚乎！且君苟美樂之，國必衆爲之。田獵則不便，道行致遠則不可，然而用馬數倍，此非御下之道也。淫于耳目，不當民務，此聖王之所禁也。君苟美樂之，諸侯必或效我，君無厚德善政以被諸侯，而易之以僻，此非所以子民、彰名、致遠、親鄰國之道也。且賢良廢滅，孤寡不振，而聽嬖妾以禄御夫以蓄怨，與民爲讎之道也。《詩》曰：'哲夫成城，哲婦傾城。'今君不免成城之求，而惟傾城之務，國之亡日至矣。君其圖之！"公曰："善。"遂不復觀，乃罷歸翟王子羡，而疏嬖人嬰子。

景公敕五子之傅而失言晏子諫第十

景公有男子五人，所使傅之者皆有車百乘者也。晏子爲一焉。公召其傅曰："勉之！將以而所傅爲子。"及晏子，晏子

---

① "曰"，元刻本作"因"，是。下文云"公因悦之"，是其證。

辭曰："君命其臣，據其肩以盡其力，臣敢不勉乎！今有之家，此一國之權臣也，人人以君命命之曰：'將以而所傳爲子。'此離樹别黨，傾國之道也，嬰不敢受命，願君圖之！[1]"

景公欲廢適子陽生而立荼晏子諫第十一

淳于人納女于景公，生孺子荼，景公愛之。諸臣謀欲廢公子陽生而立荼，公以告晏子。晏子曰："不可。夫以賤匹貴，國之害也；置大立少，亂之本也。夫陽生而長，[2]國人戴之，君其勿易！夫服位有等，故賤不陵貴；立子有禮，故孽不亂宗。願君教荼以禮而勿陷于邪，導之以義而勿湛于利。長少行其道，宗孽得其倫。夫陽生敢毋使荼饜粱肉之味，[3]玩金石之聲，而有患乎？廢長立少，不可以教下；尊孽卑宗，不可以利所愛。長少無等，宗孽無别，是設賊樹奸之本也。君其圖之！古之明君，非不知繁樂也，以爲樂淫則哀；非不知立愛也，以義失則憂。[4] 是故制樂以節，立子以道。若夫恃讒諛以事君者，不足以責信。今君用讒人之謀，聽亂夫之言也，廢長立少，臣恐後人之有因君之過以資其邪，廢少而立長以成其利者。君其圖之！"公不聽。景公没，田氏殺君荼，立陽生；殺陽生，立簡公；殺簡公而取齊國。

---

① "願"，原作"顧"，據《二十二子》本、經訓堂本改。

② "夫陽生而長"，王念孫云："孫本於'而長'上加'生'字，云今本脱一'生'字，以意增。念孫案：加'生'字非也。此文本作'夫陽生長而國人戴之'，言陽生長於荼而爲國人所戴也。今本'長而'誤作'而長'，又加'生'字於其上，則贅矣。《群書治要》正作'夫陽生長而國人戴之'。"

③ "粱"，原作"梁"，據《二十二子》本、經訓堂本改。

④ "以義"，《二十二子》本、經訓堂本作"以爲義"。

景公病久不愈欲誅祝史以謝晏子諫第十二

景公疥且瘧,期年不已。召會譴、梁丘據、晏子而問焉,曰:"寡人之病病矣,使史固與祝佗巡山川宗廟,犧牲珪璧莫不備具,數其常多先君桓公,[①]桓公一則寡人再。病不已,滋甚,予欲殺二子者以説于上帝,其可乎?"會譴、梁丘據曰:"可。"晏子不對。公曰:"晏子何如?"晏子曰:"君以祝爲有益乎?"公曰:"然。""若以爲有益,則詛亦有損也。君疏輔而遠拂,忠臣擁塞,諫言不出。臣聞之,近臣嘿,遠臣瘖,衆口鑠金。今自聊拝以東、[②]姑尤以西者,此其人民衆矣,百姓之咎怨誹謗,詛君于上帝者多矣。一國詛,兩人祝,雖善祝者不能勝也。且夫祝直言情,則謗吾君也;隱匿過,則欺上帝也。上帝神,則不可欺;上帝不神,祝亦無益。願君察之也。不然,刑無罪,夏商所以滅也。"公曰:"善解予惑,加冠!"命會譴毋治齊國之政,梁丘據毋治賓客之事,兼屬之乎晏子。晏子辭,不得命,受相退,把政,改月而君病悛。公曰:"昔吾先君桓公,以管子爲有力,邑狐與穀,以共宗廟之鮮,賜其忠臣,則是多忠臣者。子今忠臣也,寡人請賜子州款。"辭曰:"管子有一美,嬰不如也;有一惡,嬰不忍爲也,其宗廟之養鮮也。"終辭而不受。

---

① "數其",王念孫云:"'數其常多先君桓公',文不成義,當作'其數常多於先君桓公',謂所用犧牲珪璧之數常多於桓公也。故下文曰:'桓公一則寡人再。'今本'其數'誤作'數其',又脱'於'字。"

② "拝",《二十二子》本、經訓堂本作"攝"。

景公怒封人祝之不遜晏子諫第十三

景公游于麥丘，問其封人曰："年幾何矣？"對曰："鄙人之年八十五矣。"公曰："壽哉！子其祝我。"封人曰："使君之年長于胡，宜國家。"公曰："善哉！子其復之。"曰："使君之嗣，壽皆若鄙臣之年。"公曰："善哉！子其復之。"封人曰："使君無得罪于民。"公曰："誠有鄙民得罪于君則可，安有君得罪于民者乎？"晏子諫曰："君過矣！彼疏者有罪，戚者治之；賤者有罪，貴者治之；君得罪于民，誰將治之？敢問：桀紂，君誅乎？民誅乎？"公曰："寡人固也。"於是賜封人麥丘以爲邑。

景公欲使楚巫致五帝以明德晏子諫第十四

楚巫微導裔款以見景公，侍坐三日，景公説之。楚巫曰："公，明神之主，[1]帝王之君也。公即位有七年矣，[2]事未大濟者，明神未至也。請致五帝，以明君德。"景公再拜稽首。楚巫曰："請巡國郊，以觀帝位。"至于牛山而不敢登，曰："五帝之位，在于國南，請齋而後登之。"公命百官供齋具于楚巫之所，裔款視事。晏子聞之而見于公曰："公令楚巫齋牛山乎？"公曰："然。致五帝以明寡人之德，神將降福于寡人，其有所濟乎！"晏子曰："君之言過矣！古之王者，德厚足以安世，[3]

① "之主"，原作"主之"，據《二十二子》本、經訓堂本改。

② "有七年矣"，王念孫云："案'有'上有'十'字而今本脱之。'有'讀爲'又'。若云'即位有七年'，則'有'字可删矣。《太平御覽》引此正作'十有七年'。"

③ "德"，原作"得"，據《二十二子》本、經訓堂本改。

行廣足以容衆，諸侯戴之，以爲君長，百姓歸之，以爲父母。是故天地四時，和而不失，星辰日月，順而不亂。德厚行廣，配天象時，然後爲帝王之君，神明之主。古者不慢行而繁祭，不輕身而恃巫。今政亂而行僻，而求五帝之明德也；棄賢而用巫，而求帝王之在身也；夫民不苟德，福不苟降，君之帝王，不亦難乎！惜夫，君位之高，所論之卑也！”公曰：“裔款以楚巫命寡人曰：‘試嘗見而觀焉。’寡人見而説之，信其道，行其言。今夫子譏之，請逐楚巫而拘裔款。”晏子曰：“楚巫不可出。”公曰：“何故？”對曰：“楚巫出，諸侯必或受之。公信之，以過於内，不知；出以易諸侯于外，不仁。請東楚巫而拘裔款。”公曰：“諾。”故曰：送楚巫于東，而拘裔款于國也。

景公欲祠靈山河伯以禱雨晏子諫第十五

齊大旱逾時，景公召群臣問曰：“天不雨久矣，民且有饑色。吾使人卜，云祟在高山廣水。寡人欲少賦斂以祠靈山，可乎？”群臣莫對。晏子進曰：“不可。祠此無益也。夫靈山固以石爲身，以草木爲髪，天久不雨，髪將焦，身將熱，彼獨不欲雨乎？祠之無益。”公曰：“不然，吾欲祠河伯，可乎？”晏子曰：“不可。河伯以水爲國，以魚鱉爲民，天久不雨，泉將下，百川竭，國將亡，民將滅矣，彼獨不欲雨乎？祠之何益！”景公曰：“今爲之奈何？”晏子曰：“君誠避宫殿暴露，與靈山河伯共憂，其幸而雨乎！”于是景公出，野居暴露，三日，天果大雨，民盡得種時。景公曰：“善哉，晏子之言！可無用乎？其維有德。”

景公貪長有國之樂晏子諫第十六

景公將觀于淄上，與晏子閒立。公喟然嘆曰："嗚呼！使國可長保而傳于子孫，豈不樂哉？"晏子對曰："嬰聞明王不徒立，百姓不虛至。今君以政亂國，以行棄民久矣，而聲欲保之，不亦難乎！嬰聞之，能長保國者，能終善者也。諸侯並立，能終善者爲長；列士並學，能終善者爲師。昔先君桓公，其方任賢而贊德之時，亡國恃以存，危國仰以安，是以民樂其政而世高其德，行遠征暴，勞者不疾，驅海内使朝天子，而諸侯不怨。當是時，盛君之行不能進焉。及其卒而衰，怠于德而并于樂，身溺于婦侍而謀因豎刁，是以民苦其政，而世非其行，故身死乎胡宫而不舉，蟲出而不收。當是時也，桀紂之卒不能惡焉。《詩》曰：'靡不有初，鮮克有終。'不能終善者，不遂其君。今君臨民若寇讎，見善若避熱，亂政而危賢，必逆於衆，肆欲於民，而誅虐於下，恐及於身。嬰之年老，不能待于君使矣，行不能革，則持節以没世耳。"

景公登牛山悲去國而死晏子諫第十七

景公游于牛山，北臨其國城而流涕曰："若何滂滂去此而死乎！"艾孔、梁丘據皆從而泣。晏子獨笑于旁。公刷涕而顧晏子曰："寡人今日游悲，孔與據皆從寡人而涕泣，子之獨笑，何也？"晏子對曰："使賢者常守之，則太公、桓公將常守之矣；使勇者常守之，則莊公、靈公將常守之矣。數君者將守之，則吾君安得此位而立焉？以其迭處之，迭去之，至于君也，而獨爲之流涕，是不仁也。不仁之君見一，諂諛之臣見二，此臣之所以獨竊笑也。”

景公游公阜一日有三過言晏子諫第十八

景公出游于公阜，北面望睹齊國曰：“嗚呼！使古而無死，何如？”晏子曰：“昔者上帝以人之没爲善，①仁者息焉，不仁者伏焉。若使古而無死，丁公、太公將有齊國，桓、襄、文、武將皆相之，君將戴笠衣褐，執銚耨以蹲行畎畝之中，孰暇患死！”公忿然作色，不説。無幾何而梁丘據御六馬而來，公曰：“是誰也？”晏子曰：“據也。”公曰：“何如？②”曰：“大暑而疾馳，甚者馬死，薄者馬傷，非據孰敢爲之！”公曰：“據與我和者夫！”晏子曰：“此所謂同也。所謂和者，君甘則臣酸，君淡則臣鹹。今據也甘君亦甘，所謂同也，安得爲和！”公忿然作色，不悦。無幾何，日暮，公西面望睹彗星，召伯常騫，使禳去之。晏子曰：“不可！此天教也。日月之氣，風雨不時，彗星之出，天爲民之亂見之，故詔之妖祥，以戒不敬。今君若設文而受諫，謁聖賢人，雖不去，彗星將自亡。今君嗜酒而并于樂，政不飾而寬于小人，近讒好優，惡文而疏聖賢人，何暇在彗！茀又將見矣。”公忿然作色，不悦。及晏子卒，公出，背而立曰：“嗚呼！昔者從夫子而游公阜，夫子一日而三責我，今孰責寡人哉！”

---

① “没”，《二十二子》本、經訓堂本作“死”。

② “何如”，王念孫云：“‘何如’二字與上下文義不相屬，疑當作‘何以知之’，言何以知其爲據。故晏子對曰：‘大暑而疾馳，非據孰敢爲之。’今本‘知’誤作‘如’，又脱‘以之’二字。”

景公游寒途不恤死胔晏子諫第十九

景公出游于寒塗，睹死胔，默然不問。晏子諫曰："昔吾先君桓公出游，睹饑者與之食，睹疾者與之財，使令不勞力，籍斂不費民。先君將游，百姓皆悦曰：'君當幸游吾鄉乎！'今君游于寒塗，據四十里之氓，殫財不足以奉斂，盡力不能周役。民氓饑寒凍餒，死胔相望，而君不問，失君道矣。財屈力竭，下無以親上；驕泰奢侈，上無以親下。上下交離，君臣無親，此三代之所以衰也。今君行之，嬰懼公族之危，以爲異姓之福也。"公曰："然。爲上而忘下，厚籍斂而忘民，吾罪大矣。"於是斂死胔，發粟于民，據四十里之氓不服政其年，公三月不出游。

景公衣狐白裘不知天寒晏子諫第二十

景公之時，雨雪三日而不霽。公被狐白之裘，坐堂側陛。晏子入見，立有間，公曰："怪哉！雨雪三日而天不寒。"晏子對曰："天不寒乎？"公笑。晏子曰："嬰聞古之賢君飽而知人之饑，[1]温而知人之寒，逸而知人之勞。今君不知也。"公曰："善！寡人聞命矣。"乃令出裘發粟，與饑寒。令所睹于塗者，無問其鄉；所睹于里者，無問其家；循國計數，無言其名。士既事者兼月，疾者兼歲。孔子聞之，[2]曰："晏子能明其所欲，景公能行其所善也。"

---

① "饑"，《二十二子》本、經訓堂本作"飢"。下一"饑"字同。
② "孔子聞之"，簡本作"子"。

景公異熒惑守虚而不去晏子諫第二十一

景公之時，熒惑守于虚，期年不去。公異之，召晏子而問曰："吾聞之，人行善者天賞之，行不善者天殃之。熒惑，天罰也，今留虚，其孰當之？"晏子曰："齊當之。"公不説，曰："天下大國十二，皆曰諸侯，齊獨何以當？"晏子曰："虚，齊野也。且天之下殃，①固于富疆，爲善不用，出政不行，賢人使遠，讒人反昌，百姓疾怨，自爲祈祥，碌碌疆食，②進死何傷！是以列舍無次，變星有芒，熒惑回逆，孽星在旁。有賢不用，安得不亡？"公曰："可去乎？"對曰："可致者可去，不可致者不可去。"公曰："寡人爲之若何？"對曰："盍去冤聚之獄，使反田矣；散百官之財，施之民矣；振孤寡而敬老人矣。夫若是者，百惡可去，何獨是孽乎！"公曰："善。"行之三月，而熒惑遷。

景公將伐宋夢二丈夫立而怒晏子諫第二十二

景公舉兵將伐宋，師過泰山，公夢見二丈夫立而怒，其怒甚盛。公恐，覺，辟門召占夢者，至。公曰："今夕吾夢二丈夫立而怒，不知其所言，其怒甚盛，吾猶識其狀，識其聲。"占夢者曰："師過泰山而不用事，故泰山之神怒也。請趣召祝史祠乎泰山則可。"公曰："諾。"明日，晏子朝見，公告之如占夢之言也。公曰："占夢者之言曰：'師過泰山而不用事，故泰山之神怒也。'今使人召祝史祠之。"晏子俯有間，對曰："占夢者不

---

① "天之下殃"，《二十二子》本、經訓堂本作"天下之殃"。

② "疆"，《二十二子》本、經訓堂本作"彊"。

識也，此非泰山之神，是宋之先湯與伊尹也。”公疑，以爲泰山神。晏子曰：“公疑之，則嬰請言湯、伊尹之狀也。湯質皙而長，顔以髯，兑上豐下，倨身而揚聲。”公曰：“然，是已。”“伊尹黑而短，蓬而髯，豐上兑下，僂身而下聲。”公曰：“然，是已。今若何?”晏子曰：“夫湯、太甲、武丁、祖乙，天下之盛君也，不宜無後。今惟宋耳，而公伐之，故湯、伊尹怒，請散師以平宋。”景公不用，終伐宋。晏子曰：“公伐無罪之國，①以怒明神，不易行以續蓄，進師以近過，②非嬰所知也。師若果進，軍必有殃。”軍進再舍，鼓毁將殪。公乃辭乎晏子，散師，不果伐宋。

景公從畋十八日不返國晏子諫第二十三

景公畋於署梁，十有八日而不返。晏子自國往見公，比至，衣冠不正。不革衣冠，望游而馳。公望見晏子，下而急帶曰：③“夫子何爲遽？國家無有故乎？”晏子對曰：“不亦急也！雖然，嬰願有復也。國人皆以君爲安野而不安國，好獸而惡民，毋乃不可乎?”公曰：“何哉？吾爲夫婦獄訟之不正乎，則泰士子牛存矣；爲社稷宗廟之不享乎，則泰祝子游存矣；爲諸侯賓客莫之應乎，則行人子羽存矣；爲田野之不辟，倉庫之不實，則申田存焉；爲國家之有餘不足聘乎，則吾子存矣。寡人

① “晏子曰公伐無罪之國”，《二十二子》本無“公”字，簡本作“子曰公伐无罪之國”。駢宇騫云：“明本‘公曰’二字誤倒。今據改。”

② “過”，駢宇騫云：“明本‘過’當讀爲‘禍’。過、禍皆從咼聲，古音相同，可通假。”

③ “下而急帶”，孫星衍云：“急束其帶也。《藝文類聚》作‘下車急曰’，一作‘逆勞曰’。‘帶’與‘勞’字相似，或當爲‘逆勞’。”

之有五子，猶心之有四支。心有四支，故心得佚焉。今寡人有五子，故寡人得佚焉，豈不可哉！”晏子對曰：“嬰聞之，與君言異。若乃心之有四支而心得佚焉，可得令四支無心十有八日，不亦久乎？”公於是罷畋而歸。

景公欲誅駭鳥野人晏子諫第二十四

景公射鳥，野人駭之。公怒，令吏誅之。晏子曰：“野人不知也。臣聞賞無功謂之亂，罪不知謂之虐。兩者，先王之禁也；以飛鳥犯先王之禁，不可。今君不明先王之制，而無仁義之心，是以從欲而輕誅。夫鳥獸，固人之養也，野人駭之，不亦宜乎！”公曰：“善！自今已後，弛鳥獸之禁，無以苛民也。”

景公所愛馬死欲誅圉人晏子諫第二十五

景公使圉人養所愛馬，暴死，公怒，令人操刀解養馬者。是時晏子侍前，左右執刀而進，晏子止而問于公曰：“堯舜支解人，從何軀始？”公矍然曰：“從寡人始。”遂不支解。公曰：“以屬獄。”晏子曰：“此不知其罪而死，臣爲君數之，使知其罪，然後致之獄。”公曰：“可。”晏子數之曰：或作：景公有馬，其圉人殺之。公怒，援將自擊之。晏子曰：“此不其罪而死，臣請爲君數之，令知其罪而殺之。”公曰：“諾。”晏子舉戈而臨之曰，云云。[①]“爾罪有三：

---

① “或作”至“云云”五十三字，《二十二子》本、經訓堂本無。“不其罪而死”，“不”下當脱“知”字。

公使汝養馬而殺之,當死罪一也;又殺公之所最善馬,當死罪二也;使公以一馬之故而殺人,百姓聞之必怨吾君,諸侯聞之必輕吾國,汝殺公馬,使怨積于百姓,兵弱于鄰國,汝當死罪三也。今以屬獄。"公喟然嘆曰:"夫子釋之!夫子釋之!勿傷吾仁也。"

内篇諫下第二凡二十五章

景公藉重而獄多欲托晏子晏子諫第一①

景公欲殺犯所愛之槐者晏子諫第二

景公逐得斬竹者囚之晏子諫第三

景公以摶治之兵未成功將殺之晏子諫第四

景公冬起大臺之役晏子諫第五

景公爲長庲欲美之晏子諫第六

景公爲鄒之長塗晏子諫第七

景公春夏游獵興役晏子諫第八

景公獵休坐地晏子席而諫第九

景公獵逢蛇虎以爲不祥晏子諫第十

景公爲臺成又欲爲鐘晏子諫第十一②

景公爲泰吕成將以燕饗晏子諫第十二

景公爲履而飾以金玉晏子諫第十三

景公欲以聖王居服而致諸侯晏子諫第十四

景公自矜冠裳游處之貴晏子諫第十五

景公爲巨冠長衣以聽朝晏子諫第十六

---

① "藉",原作"籍",據卷内章題及正文改。
② "又",原誤作"文",據卷内章題及正文改。

景公藉重而獄多欲托晏子晏子諫第一

景公藉重而獄多，拘者滿圄，怨者滿朝。晏子諫，公不聽。公謂晏子曰："夫獄，國之重官也，願托之夫子。"晏子對曰："君將使嬰敕其功乎？則嬰有壹妄能書，③足以治之矣。君將使嬰敕其意乎？夫民無欲殘其家室之生，以奉暴上之僻者，則君使吏比而焚之而已矣。"景公不悦，曰："敕其功則使一妄，敕其意則比焚，如是，夫子無所謂能治國乎？"晏子曰："嬰聞與君異。今夫胡狢戎狄之蓄狗也，多者十有餘，④寡者五六，然不相害傷。今束雞豚妄投之，其折骨決皮，可立得也。且夫上正其治，下審其論，則貴賤不相逾越。今君舉千

① "於"，原作"于"，據卷内章題及正文改。
② "國"，原脱，據卷内章題及正文補。
③ "妄"，俞樾云："妄，疑'妾'字之誤。'嬰有一妾能書，足以治之'，極言治之之易，雖婦女可也。下文云'則君使吏比而焚之而已矣'。蓋兩語皆滑稽之詞，故景公不悦也。"下"一妄"之"妄"同。
④ "餘"，原作"余"，據《二十二子》本、經訓堂本改。

鍾爵禄而妄投之于左右，左右爭之，甚於胡狗，而公不知也。寸之管無當，天下不能足之以粟。今齊國丈夫耕，女子織，夜以接日，不足以奉上，而君側皆雕文刻鏤之觀。此無當之管也，而君終不知。五尺童子，操寸之烟，天下不能足以薪。今君之左右，皆操烟之徒，而君終不知。鍾鼓成肆，干戚成舞，雖禹不能禁民之觀。且夫飾民之欲，而嚴其聽，禁其心，聖人所難也，而況奪其財而饑之，勞其力而疲之，①常致其苦而嚴聽其獄，痛誅其罪，非嬰所知也。"

景公欲殺犯所愛之槐者晏子諫第二

景公有所愛槐，令吏謹守之，植木縣之，下令曰："犯槐者刑，傷槐者死。"有不聞令，醉而犯之者，公聞之，曰："是先犯我令。"使吏拘之，且加罪焉。其子往辭晏子之家，②托曰："負廓之民賤妾，請有道于相國，不勝其欲，願得充數乎下陳。"晏子聞之，笑曰："嬰其淫于色乎？何爲老而見奔？雖然，是必有故。"令内之。女子入門，晏子望見之，曰："怪哉！有深憂。"進而問焉，曰："所憂何也？"對曰："君樹槐縣令，犯之者刑，傷之者死。妾父不仁，不聞令，醉而犯之，吏將加罪焉。妾聞之，明君蒞國立政，不損禄，不益刑，又不以私恚害公法，不爲禽獸傷人民，不爲草木傷禽獸，不爲野草傷禾苗。吾君欲以樹木之故殺妾父，孤妾身，此令行于民而法於國矣。雖然，妾聞之，勇士不以衆強凌孤獨，③明惠之君不拂是以行

---

① "疲"下原脱"之"字，據《二十二子》本、經訓堂本補。
② "其子"，《二十二子》本、經訓堂本作"其女子女"。
③ "強"，原作"疆"，據《二十二子》本、經訓堂本改。

其所欲。此譬之猶自治魚鱉者也，去其腥臊者而已。昧墨與人比居，庾肆而教人危坐。今君出令於民，苟可法于國，而善益于後世，則父死亦當矣，妾爲之收亦宜矣。甚乎！今之令不然，以樹木之故，罪法妾父，妾恐其傷察吏之法，而害明君之義也。鄰國聞之，皆謂吾君愛樹而賤人，其可乎？願相國察妾言以裁犯禁者。"晏子曰："甚矣！吾將爲子言之于君。"使人送之歸。明日，蚤朝，而復于公曰："嬰聞之，窮民財力以供嗜欲謂之暴；崇玩好，威嚴擬乎君謂之逆；刑殺不辜謂之賊。此三者，守國之大殃。今君窮民財力，以羨餒食之具，繁鍾鼓之樂，極宫室之觀，行暴之大者；崇玩好，縣愛槐之令，載過者馳，步過者趨，威嚴擬乎君，逆之明者也；犯槐者刑，傷槐者死，殺不稱，[①]賊民之深者。君享國，德行未見于衆，而三辟著于國，嬰恐其不可以蒞國子民也。"公曰："微大夫教寡人，幾有大罪以累社稷，今子大夫教之，社稷之福，寡人受命矣。"晏子出，公令趣罷守槐之役，拔置縣之木，廢傷槐之法，出犯槐之囚。

景公逐得斬竹者囚之晏子諫第三

景公樹竹，令吏謹守之。公出，過之，有斬竹者焉，公以車逐，得而拘之，將加罪焉。晏子入見，曰："公亦聞吾先君丁公乎？"公曰："何如？"晏子曰："丁公伐曲沃，勝之，止其財，出其民。公曰自蒞之，[②]有輿死人以出者，公怪之，令吏視之，

---

① "殺"上，《二十二子》本、經訓堂本有"刑"字。
② "曰"，《二十二子》本作"日"。

則其中金與玉焉。吏請殺其人，收其金玉。[①] 丁公曰：[②]'以兵降城，以衆圖財，不仁。且吾聞之，人君者，寬惠慈衆，不身傳誅。'令捨之。"公曰："善！"晏子退，公令出斬竹之囚。

景公以摶治之兵未成功將殺之晏子諫第四

景公令兵摶治，當臘冰月之間而寒，民多凍餒，而功不成。公怒曰："爲我殺兵二人。"晏子曰："諾。"少爲間，晏子曰："昔者先君莊公之伐于晋也，其役殺兵四人，今令而殺兵二人，是殺師之半也。"公曰："諾！是寡人之過也。"令止之。

景公冬起大臺之役晏子諫第五

晏子使於魯，比其返也，景公使國人起大臺之役，歲寒不已，凍餒之者鄉有焉，國人望晏子。晏子至，已復事，公乃坐，[③]飲酒樂，晏子曰："君若賜臣，臣請歌之。"歌曰："庶民之言曰：'凍水洗我，若之何？太上靡散我，若之何？'"歌終，喟然嘆而流涕。公就止之曰："夫子曷爲至此？殆爲大臺之役夫！寡人將速罷之。"晏子再拜，出而不言，遂如大臺。執朴鞭其不務者，曰："吾細人也，皆有蓋廬，以避燥濕，君爲壹臺而不速成，何爲？"國人皆曰："晏子助天爲虐。"晏子歸，未至，而君出令趣罷役，車馳而人趨。仲尼聞之，喟然嘆曰："古之善爲人臣者，聲名歸之君，禍災歸之身，入則切磋其君之不

---

① "金玉"，原作"人"，據《二十二子》本、經訓堂本改。
② "丁"，《二十二子》本、經訓堂本無此字。
③ "乃"，《二十二子》本、經訓堂本作"延"。

善,出則高譽其君之德義,是以雖事惰君,能使垂衣裳,朝諸侯,不敢伐其功。當此道者,其晏子是耶!"

景公爲長庲欲美之晏子諫第六

景公爲長庲,庲,舍也。將欲美之,有風雨作。公與晏子入坐飲酒,致堂上之樂。酒酣,晏子作歌曰:"穗乎不得穫,秋風至兮殫零落,風雨之弗殺也,太上之靡弊也。"歌終,顧而流涕,張躬而舞。公就晏子而止之曰:"今日夫子爲賜而誡于寡人,是寡人之罪。"遂廢酒,罷役,不果成長庲。

景公爲鄒之長塗晏子諫第七

景公築路寢之臺,三年未息,又爲長庲之役,二年未息,又爲鄒之長塗。晏子諫曰:"百姓之力勤矣!公不息乎?"公曰:"塗將成矣,請成而息之。"對曰:"明君不屈民財者,不得其利;不窮民力者,不得其樂。昔者楚靈王作傾宫,三年未息也;又爲章華之臺,五年又不息也;乾溪之役,八年,百姓之力不足而息也。靈王死於乾溪,而民不與君歸。今君不遵明君之義,而循靈王之迹,嬰懼君有暴民之行,而不睹長庲之樂也,不若息之。"公曰:"善!非夫子者,寡人不知得罪于百姓深也。"於是令勿委壤,①餘財勿收,斬板而去之。

① "壤",原作"壞",據孫詒讓説改。

景公春夏游獵興役晏子諫第八

景公春夏游獵，又起大臺之役。晏子諫曰："春夏起役，且游獵，奪民農時，國家空虚，不可。"景公曰："吾聞相賢者國治，臣忠者主逸。吾年無幾矣，欲遂吾所樂，卒吾所好，子其息矣。"晏子曰："昔文王不敢盤游于田，故國昌而民安。楚靈王不廢乾溪之役，起章華之臺，而民叛之。今君不革，將危社稷，而爲諸侯笑。臣聞忠不避死，諫不違罪。君不聽臣，臣將游矣。"景公曰："唯唯，將弛罷之。"未幾，朝韋冏解役而歸。

景公獵休坐地晏子席而諫第九

景公獵休，坐地而食，晏子後至，左右滅葭而席。① 公不說，曰："寡人不席而坐地，二三子莫席，而子獨搴草而坐之，何也？"晏子對曰："臣聞介胄坐陣不席，獄訟不席，尸坐堂上不席，三者皆憂也，故不敢以憂侍坐。"公曰："諾。"令人下席曰："大夫皆席，寡人亦席矣。"

景公獵逢蛇虎以爲不祥晏子諫第十

景公出獵，上山見虎，下澤見蛇。歸，召晏子而問之曰："今日寡人出獵，上山則見虎，下澤則見蛇，殆所謂不祥也？"晏子對曰："國有三不祥，是不與焉。夫有賢而不知，一不祥；

---

① "左右滅葭而席"，《太平御覽》卷三九三、七〇九及《北堂書鈔》卷一三三引無"左右"二字。《藝文類聚》卷六九引亦無"左右"二字，"席"作"坐"。

知而不用,二不祥;用而不任,三不祥也。所謂不祥乃若此者。今上山見虎,虎之室也;下澤見蛇,蛇之穴也。如虎之室,如蛇之穴,而見之,曷爲不祥也!”

景公爲臺成又欲爲鐘晏子諫第十一

景公爲臺,臺成,又欲爲鐘。晏子諫曰:“君國者不樂民之哀。君不勝欲,既築臺矣,今復爲鐘,是重斂于民,民必哀矣。夫斂民之哀,而以爲樂,不祥,非所以君國者。”公乃止。

景公爲泰吕成將以燕饗晏子諫第十二①

景公泰吕成,謂晏子曰:“吾欲與夫子燕。”對曰:“未祀先君而以燕,非禮也。”公曰:“何以禮爲?”對曰:“夫禮者,民之紀,紀亂則民失,亂紀失民,危道也。”公曰:“善。”乃以祀焉。

景公爲履而飾以金玉晏子諫第十三

景公爲履,黄金之綦,飾以銀,連以珠,良玉之眗,②其長尺,冰月服之以聽朝。晏子朝,公迎之,履重,僅能舉足。問曰:“天寒乎?”晏子曰:“君奚問天之寒也?古聖人製衣服也,冬輕而暖,夏輕而清,今君之履,冰月服之,是重寒也,履重不節,是過任也,失生之情矣。故魯工不知寒温之節,輕重之

① “燕”,原脱,據卷首目録補。
② “眗”,《二十二子》本、經訓堂本作“絇”。

量，以害正生，其罪一也；作服不常，以笑諸侯，其罪二也；用財無功，以怨百姓，其罪三也。請拘而使吏度之。"公苦，①請釋之。晏子曰："不可。嬰聞之，苦身爲善者，其賞厚；苦身爲非者，其罪重。"公不對。晏子出，令吏拘魯工，令人送之境，吏不得入。② 公撤履，不復服也。

景公欲以聖王之居服而致諸侯晏子諫第十四

景公問晏子曰："吾欲服聖王之服，居聖王之室，如此，則諸侯其至乎？"晏子對曰："法其節儉則可，法其服，居其室，無益也。三王不同服而王，非以服致諸侯也，誠于愛民，果于行善，天下懷其德而歸其義，若其衣服節儉而衆悦也。夫冠足以修敬，不務其飾；衣足以掩形禦寒，不務其美。衣不務于隅肶之削，冠無觚羸之理，③身服不雜彩，首服不鏤刻。且古者嘗有紩衣攣領而王天下者。其義好生而惡殺，節上而羡下，天下不朝其服，而共歸其義。古者嘗有處橧巢窟穴而不惡，予而不取，天下不朝其室，而共歸其仁。及三代作服，爲益敬也，首服足以修敬，而不重也，身服足以行潔，而不害于動作。服之輕重便于身，用財之費順于民。其不爲橧巢者，以避風也；其不爲穴者，以避濕也。是故明堂之制，下之潤濕，不能及也；上之寒暑，不能入也。土事不文，木事不鏤，示民之節

① "公苦"，王念孫謂當作："公曰：'魯公苦。'"
② "吏"，《二十二子》本、經訓堂本作"使"。
③ "衣不"至"之理"，《淮南子・本經訓》："衣無隅差之削，冠無觚羸之理。"王念孫云："予謂肶當爲眦，字之誤也。眦或作眥。《淮南子・齊俗篇》'衣不務於奇麗之容，隅眥之制'是也。隅眦者，隅差也。隅，角也。差，邪也。幅之削者，必有隅差之形。"

也。及其衰也，衣服之侈過足以敬，宫室之美過避潤濕，用力甚多，用財甚費，①與民爲讎。今君欲法聖王之服，不法其制，法其節儉也，則雖未成治，庶其有益也。今君窮臺榭之高，極污池之深而不止，務于刻鏤之巧，②文章之觀而不厭，則亦與民而讎矣。若臣之慮，恐國之危，而公不平也。公乃願致諸侯，不亦難乎！公之言過矣。”

景公自矜冠裳游處之貴晏子諫第十五

景公爲西曲潢，其深滅軌，高三仞，横木龍蛇，立木鳥獸。公衣黼黻之衣，素繡之裳，一依而五彩具焉；③帶球玉而冠且，被髮亂首，南面而立，傲然。晏子見，公曰：“昔仲父之霸何如？”晏子抑首而不對。公又曰：“昔管文仲之霸何如？”晏子對曰：“臣聞之，維翟人與龍蛇比，今君横木龍蛇，立木鳥獸，亦室一就矣，何暇在霸哉！且公伐宫室之美，矜衣服之麗，一衣而五彩具焉，帶球玉而亂首被髮，亦室一容矣，萬乘之君，而壹心于邪，君之魂魄亡矣，以誰與圖霸哉？”公下堂就晏子曰：“梁丘據、裔款以室之成告寡人，是以竊襲此服，與據爲笑，又使夫子及，寡人請改室易服而敬聽命，其可乎？”晏子曰：“夫二子營君以邪，公安得知道哉！且伐木不自其根，則蘖又生也，公何不去二子者，毋使耳目淫焉。”

---

① “財”，原作“則”，據《二十二子》本、經訓堂本改。
② “巧”，經訓堂本作“功”。
③ “依”，《二十二子》本、經訓堂本作“衣”。

景公巨冠長衣以聽朝晏子諫第十六

景公爲巨冠長衣以聽朝,疾視矜立,日晏不罷。晏子進曰:"聖人之服中侻而不駔,可以導衆,其動作侻順而不逆,可以奉生,是以下皆法其服,而民爭學其容。今君之服,駔華不可以導衆民,疾視矜立,不可以奉生。日晏矣,君不若脱服就燕。"公曰:"寡人受命。"退朝,遂去衣冠,不復服。

景公朝居嚴下不言晏子諫第十七

晏子朝,復於景公曰:"朝居嚴乎?"公曰:"嚴居朝,則曷害於治國家哉?①"晏子對曰:"朝居嚴則下無言,下無言則上無聞矣。下無言則吾謂之瘖,②上無聞則吾謂之聾。聾瘖,非害國家而如何也!且合升豉之微以滿倉廩,合疏縷之緯以成幃幕。③ 太山之高,非一石也,累卑然後高,天下者,④非用一士之言也,固有受而不用,惡有拒而不受者哉!"

景公登路寢臺不終不悦晏子諫第十八

景公登路寢之臺,不能終,而息乎陛,忿然而作色,不悦,曰:"孰爲高臺,病人之甚也!"晏子曰:"君欲節於身而勿高,使人高之而勿罪也。今高從之以罪,卑亦從以罪。敢問使人

---

① "曷害",原倒作"害曷",據《二十二子》本、經訓堂本乙正。
② "吾謂",原作"無謂",據《二十二子》本、經訓堂本改。
③ "幃",《二十二子》本、經訓堂本作"幃"。
④ "天下",原作"夫下",據《二十二子》本、經訓堂本改。

如此，可乎？古者之爲宫室也，足乎以便生，不以爲奢侈也，故節於身，謂於民。[①] 及夏之衰也，其王桀背棄德行，爲璿室玉門。殷之衰也，其王紂作爲傾宫靈臺，卑狹者有罪，高大者有賞，是以身及焉。今君高亦有罪，卑亦有罪，甚於夏殷之王；民力殫乏矣，而不免於罪，嬰恐國之流失，而公不得亨也！[②]"公曰："善！寡人自知誠費財勞民，以爲無功，又從而怨之，是寡人之罪也！非夫子之教，豈得守社稷哉！"遂下，再拜，不果登臺。

景公登路寢臺望國而嘆晏子諫第十九[③]

景公與晏子登寢而望國，公愀然而嘆曰：[④]"使後嗣世世有此，豈不可哉！"晏子曰："臣聞明君必務正其治，以事利民，然後子孫享之。《詩》云：'武王豈不事，貽厥孫謀，以燕翼子。'今君處佚怠，逆政害民有日矣，而猶出若言，不亦甚乎！"公曰："然則後世孰將把齊國？"對曰："服牛死，夫婦笑，非骨肉之親也，爲其利之大也。欲知把齊國者，則其利之者耶？"公曰："然。何以易？"對曰："移之以善政。今公之牛馬老於欄牢，不勝服也；車蠹於巨户，不勝乘也；衣裘襦袴，朽弊於

---

① "謂於民"，簡本作"調於民"。駢宇騫云："明本'謂於民'，歷來衆説紛紜，莫衷一是……王念孫云：'案"謂"當爲"調"，形相似而誤也。調者，和也，言不爲奢侈以勞民，故節於身而和於民也。《鹽鐵論·遵道篇》曰"法令調於民而器械便於用"，文義與此相似。後《問上篇》曰"舉事調乎天，藉斂和乎民"，亦與此"調"字同義。'今案王説甚是，簡本正作'調'。"

② "亨"，《二十二子》本、經訓堂本作"享"。簡本之駢宇騫注云："明本'亨'當爲'享'字之訛。"

③ "嘆"，原誤作"歡"，據卷首目録及正文改。

④ "嘆"，原作"歡"，蓋形近而訛，據《二十二子》本、經訓堂本改。

藏，不勝衣也；醯醢腐，不勝沽也；酒醴酸，不勝飲也；府粟鬱而不勝食，又厚藉斂於百姓，而不以分餒民。夫藏財而不用，凶也，財苟失守，下其報環至。其次昧財之失守，委而不以分人者，百姓必進自分也。故君人者，與其請於人，不如於請己也。[①]”

景公路寢臺成逢於何願合葬晏子諫而許第二十

景公成路寢之臺，逢於何遭喪，遇晏子於途，再拜乎馬前。晏子下車挹之，曰："子何以命嬰也？"對曰："於何之母死，兆在路寢之臺牖下，願請命合骨。"晏子曰："嘻，難哉！雖然，嬰將爲子復之。適爲不得，子將若何？"對曰："夫君子則有以，如我者儕小人，吾將左手擁格，右手梱心，立餓枯槁而死，以告四方之士曰：'於何不能葬其母者也。'"晏子曰："諾。"遂入見公，曰："有逢於何者，母死，兆在路寢，當如之何？願請合骨。"公作色不悦，曰："古之及今，子亦嘗聞請葬人主之宫者乎？"晏子對曰："古之人君，其室宫節，不侵生民之居，臺榭儉，不殘死人之墓，故未嘗聞諸請葬人主之宫者也。今君侈爲宫室，奪人之居，廣爲臺榭，殘人之墓，是生者愁憂，不得安處，死者離易，不得合骨。豐樂侈游，兼傲生死，非人君之行也。遂欲滿求，不顧細民，非存之道。且嬰聞之，生者不得安，命之曰蓄憂；死者不得葬，命之曰蓄哀。蓄憂者怨，蓄哀者危，君不如許之。[②]"公曰："諾。"晏子出，梁丘據

---

① "於請"，《二十二子》本、經訓堂本作"請於"。

② "許"，原作"詳"，蓋形近而訛，據《二十二子》本、經訓堂本改。

曰:"自昔及今,未嘗聞求葬公宫者也,若何許之?"公曰:"削人之居,殘人之墓,凌人之喪,而禁其葬,是於生者無施,[①]於死者無禮。《詩》云:[②]'穀則異室,死則同穴。'吾敢不許乎?"逢於何遂葬其母路寢之牖下,解衰去絰,布衣縢履,玄冠茈武,踊而不哭,躃而不拜,已乃涕洟而去。

景公嬖妾死守之三日不斂晏子諫第二十一

景公之嬖妾嬰子死,公守之,三日不食,膚著于席不去。左右以復,而君無聽焉。晏子入,復曰:"有術客與醫俱言曰:'聞嬰子病死,願請治之。'"公喜,遽起,曰:"病猶可爲乎?"晏子曰:"客之道也,以爲良醫也,請嘗試之。君請屏,潔沐浴飲食,間病者之宫,彼亦將有鬼神之事焉。"公曰:"諾。"屏而沐浴。晏子令棺人入斂,已斂,而復曰:"醫不能治病,已斂矣,不敢不以聞。"公作色不説,曰:"夫子以醫命寡人,而不使視,將斂而不以聞。吾之爲君,名而已矣。"晏子曰:"君獨不知死者之不可以生耶?嬰聞之,君正臣從謂之順,君僻臣從謂之逆。今君不道順而行僻,從邪者邇,導害者遠,讒諛萌通,而賢良廢滅,是以諂諛繁於間,邪行交於國也。昔吾先君桓公用管仲而霸,嬖乎豎刁而滅,今君薄於賢人之禮,而厚嬖妾之哀。且古聖王畜私不傷行,斂死不失愛,送死不失哀。行蕩則溺己,[③]愛失則傷生,哀失則害性。[④] 是故聖王節之也。即

① "無",原脱,據《二十二子》本、經訓堂本補。
② "云",原誤作"去",據《二十二子》本、經訓堂本改。
③ "蕩",《二十二子》本、經訓堂本作"傷"。
④ "哀",原脱,據《二十二子》本、經訓堂本補。

畢斂，不留生事，棺槨衣衾，不以害生養，哭泣處哀，不以害生道。今朽尸以留生，廣愛以傷行，修哀以害性，君之失矣。故諸侯之賓客慚入吾國，本朝之臣慚守其職。崇君之行，不可以導民；從君之欲，不可以持國。且嬰聞之，朽而不斂，謂之僇尸；臭而不收，謂之陳胔。反明王之性，行百姓之誹，而內嬖妾於僇胔，此之爲不可。”公曰：“寡人不識，請因夫子而爲之。”晏子復：[1]“國之士大夫，諸侯四鄰賓客，皆在外，君其哭而節之。”仲尼聞之曰：“星之昭昭，不若月之曀曀，小事之成，不若大事之廢，君子之非，賢於小人之是也。其晏子之謂歟！”

景公欲厚葬梁丘據晏子諫第二十二

梁公據死，[2]景公召晏子而告之，曰：“據忠且愛我，我欲豐厚其葬，高大其壟。”晏子曰：“敢問據之忠與愛於君者，可得聞乎？”公曰：“吾有喜於玩好，有司未能我共也，[3]則據以其所有共我，是以知其忠也；每有風雨，暮夜求必存，吾是以知其愛也。”晏子曰：“嬰對則爲罪，不對則無以事君，敢不對乎！嬰聞之，臣專其君，謂之不忠；子專其父，謂之不孝；妻專其夫，謂之嫉。[4] 事父之道，[5]導親於父兄，有禮於群臣，有惠於百姓，有信於諸侯，謂之忠；爲子之道，以鍾愛其兄弟，施行

① “復”下，《二十二子》本、經訓堂本有“曰”字。
② “公”，《二十二子》本、經訓堂本作“丘”。
③ “共”，《二十二子》本、經訓堂本作“具”。
④ “嫉”前原衍“不”字，據《二十二子》本、經訓堂本刪。
⑤ “父”，《二十二子》本、經訓堂本作“君”。

於諸父，慈惠於衆子，誠信於朋友，謂之孝；爲妻之道，使其衆妾皆得歡忻於其夫，謂之不嫉。今四封之民，皆君之臣也，而維據盡力以愛君。① 何愛者之少邪？四封之貨，皆君之有也，而維據也以其私財忠於君，何忠者之寡邪？據之防塞群臣，擁蔽君，無乃甚乎？”公曰：“善哉！微子，寡人不知據之至於是也。”遂罷爲壟之役，廢厚葬之令，令有司據法而責，群臣陳過而諫。故官無廢法，臣無隱忠，而百姓大説。

景公欲以人禮葬走狗晏子諫第二十三

景公走狗死，公令外共之棺，内給之祭。晏子聞之，諫。公曰：“亦細物也，特以與左右爲笑耳。”晏子曰：“君過矣！夫厚籍斂不以反民，棄貨財而笑左右，傲細民之憂而崇左右之笑，則國亦無望已。且夫孤老凍餒，而死狗有祭，鰥寡不恤，而死狗有棺，行辟若此，百姓聞之，必怨吾君，諸侯聞之，必輕吾國。怨聚於百姓，而權輕於諸侯，而乃以爲細物，君其圖之。”公曰：“善。”趣庖治狗，以會朝屬。

景公養勇士三人無君臣之義晏子諫第二十四

公孫接、田開疆、古冶子事景公，以勇力搏虎聞。② 晏子過而趨，三子者不起，晏子入見公曰：“臣聞明君之蓄勇力之士也，上有君臣之義，下有長率之倫，内可以禁暴，外可以威

---

① 王念孫云：“此下各本脱去九十九字。據《群書治要》補。”此下文字即據以補足。

② “搏”，原作“摶”，據《二十二子》本、經訓堂本改。

敵，上利其功，下服其勇，故尊其位，重其禄。今君之蓄勇力之士也，[①]上無君臣之義，下無長率之倫，内不以禁暴，外不可威敵，此危國之器也，不若去之。"公曰："三子者，搏之恐不得，刺之恐不中也。"晏子曰："此皆力攻勍敵之人也，無長幼之禮。"因請公使人少餽之二桃，曰："三子何不計功而食桃？"公孫接仰天而嘆曰："晏子，智人也。夫使公之計吾功者。不受桃，是無勇也。士衆而桃寡，何不計功而食桃矣！接一搏𤝔而再搏乳虎，若接之功，可以食桃而無與人同矣。"援桃而起。田開疆曰："吾伏兵而卻三軍者再，[②]若開疆之功，亦可以食桃而無與人同矣。"援桃而起。古冶子曰："吾嘗從君濟於河，黿銜左驂以入砥柱之流。[③] 當是時也，冶少不能游，潛行逆流百步，順流九里，得黿而殺之，左操驂尾，右挈黿頭，鶴躍而出。津人皆曰：'河伯也！'若冶視之，[④]則大黿之首。若冶之功，亦可以食桃而無與人同矣。二子何不反桃！"抽劍而起。公孫接、田開疆曰："吾勇不子若，功不子逮，取桃不讓，是貪也；然而不死，無勇也。"皆反其桃，挈領而死。古冶子曰："二子死之，冶獨生之，不仁；恥人以言，而夸其聲，不義；恨乎所行，不死，無勇。雖然，二子同桃而節，冶專桃而宜。"亦反其桃，挈領而死。使者復曰："已死矣。"公殮之以服，葬之以士禮焉。

---

① "勇力之士"，原作"勇士之力"，據《二十二子》本、經訓堂本改。
② "伏"，《二十二子》本、經訓堂本作"仗"。
③ "銜"，原作"御"，據《二十二子》本、經訓堂本改。
④ "若冶"，俞樾云："'若冶'二字，衍文也。"

景公登射思得勇力士與之圖國晏子諫第二十五[①]

景公登射，晏子修禮而侍。公曰："選射之禮，寡人厭之矣！吾欲得天下勇士，[②]與之圖國。"晏子對曰："君子無禮，是庶人也；庶人無禮，是禽獸也。夫勇多則弑其君，力多則殺其長，然而不敢者，維禮之謂也。禮者，所以御民也；轡者，所以御馬也。無禮而能治國家者，嬰未之聞也。"景公曰："善。"乃飾射更席，以爲上客，終日問禮。

---

① "士"，原脱，據卷首目録補。
② "下勇"，原倒作"勇下"，據《二十二子》本、經訓堂本乙正。

内篇問上第三凡三十章

①“常”,原作“所”,據卷内章題及正文改。

景公問賢君治國若何晏子對以任賢愛民第十七①

景公問明王之教民何若晏子對以先行義第十八②

景公問忠臣之事君何若晏子對以不與君陷於難第十九

景公問忠臣之行何如晏子對以不與君行邪第二十

景公問佞人之事君何如晏子對以愚君所信也第二十一

景公問聖人之不得意何如晏子對以不與世陷乎邪第二十二③

景公問古者君民用國不危弱晏子對以文王第二十三

景公問古之蒞國者任人如何晏子對以人不同能第二十四

景公問古者離散其民如何晏子對以今聞公令如寇讎第二十五

景公問欲和臣親下晏子對以信順儉節第二十六

景公問得賢之道晏子對以舉之以語考之以事第二十七

景公問臣之報君何以晏子對以報以德第二十八④

景公問臨國蒞民所患何也晏子對以患者三第二十九

景公問爲政何患晏子對以善惡不分第三十

莊公問威當世服天下時耶晏子對以行也第一

莊公問晏子曰："威當世而服天下，時耶？"晏子對曰："行也。"公曰："何行？"對曰："能愛邦内之民者，能服境外之不

① "第"，原脱，據上下文體例補。

② "何若"，原作"若何"，據卷内章題及正文改。

③ "何如"，原作"如何"，據卷内章題及正文改。

④ "對"下原脱"以"字，據卷内章題補。

善；重士民之死力者，能禁暴國之邪逆；聽賃賢者，能威諸侯；安仁義而樂利世者，能服天下。不能愛邦内之民者，不能服境外之不善；輕士民之死力者，不能禁暴國之邪逆；愎諫傲賢者之言，不能威諸侯；倍仁義而貪名實者，不能威當世。而服天下者，此其道也已。”而公不用，晏子退而窮處。公任勇力之士，而輕臣僕之死，用兵無休，國罷民害，期年，百姓大亂，而身及崔氏禍。君子曰：“盡忠不豫交，不用不懷禄。其晏子可謂廉矣！”

莊公問伐晋晏子對以不可若不濟國之福第二

莊公將伐晋，問于晏子。晏子對曰：“不可。君得合而欲多，養欲而意驕。得合而欲多者危，養欲而意驕者困。今君任勇力之士，以伐明主，若不濟，國之福也。不德而有功，憂必及君。”公作色不説。晏子辭不爲臣，退而窮處，堂下生蓼藿，門外生荆棘。莊公終任勇力之士，西伐晋，取朝歌，及太行、孟門，兹於兑，期而民散，身滅於崔氏。崔氏之期，逐群公，及慶氏亡。①

景公問伐魯晏子對以不若修政待其亂第三

景公舉兵欲伐魯，問以晏子，②晏子對曰：“不可。魯公

---

① “崔氏之期”至“亡”，孫星衍認爲：“期”當作“亂”，“公”下脱“子”字，“亡”下有脱文。

② “問以”，《二十二子》本、經訓堂本作“問於”。駢宇騫云：“明本‘問以’當作‘以問’。”

好義而民戴之,好義者安,見戴者和。伯禽之治存焉,故不可攻。攻義者不祥,危安者必困。且嬰聞之,伐人者德足以安其國,政足以和其民,國安民和,然後可以舉兵而征暴。今君好酒而辟,德無以安國,厚藉斂,意使令,[①]無以和民。德無以安之則危,政無以和之則亂。未免乎危亂之理,而欲伐安和之國,不可。不若修政而待其君之亂也。[②] 其君離,上怨其下,然後伐之,則義厚而利多,義厚則敵寡,利多則民歡。[③]"公曰:"善。"遂不果伐魯。

景公伐鰲勝之問所當賞晏子對以謀勝禄臣第四

景公伐鰲,勝之,問晏子曰:"吾欲賞於鰲,何如?"對曰:"臣聞之,以謀勝國者,益臣之禄;以民力勝國者,益民之利。故上有羨獲,下有加利,君上享其名,[④]臣下利其實。故用智者不偷業,用力者不傷苦,此古之善伐者也。"公曰:"善。"於是破鰲之臣,東邑之卒,皆有加利。是上獨擅名,利下流也。

景公問聖王其行若何晏子對以衰世而諷第五

景公外傲諸侯,内輕百姓,好勇力,崇樂以從嗜欲,諸侯

---

① "意",簡本作"急"。駢宇騫云:"王念孫云:'案"意"字文義不順,"意"疑是"急"字之誤,令急則民怨,故曰"無以和民"。'今案王説甚是,與簡本合。"

② "待其君之亂也",簡本作"而待其亂也"。駢宇騫云:"蘇輿云:'"君之"二字似不當有,傳寫者緣下衍"君"字,後又加"之"字耳。標題亦只作"待其亂",無"君之"二字,是其證。'今案蘇説當是,與簡本合。"

③ "歡",簡本作"勸",駢宇騫云:"明本作'歡',誤,疑爲形近而訛。作'勸'義長。"

④ "名",原作"民",據《二十二子》本、經訓堂本改。

不説，百姓不親。公患之，問於晏子曰："古之聖王，其行若何？"晏子對曰："其行公正而無邪，故讒人不得入；不阿黨，不私色，故群徒之卒不得容；薄身厚民，故聚斂之人不得行；不侵大國之地，不耗小國之民，故諸侯皆欲其尊；不劫人以兵甲，不威人以衆彊，故天下皆欲其彊；德行教訓加於諸侯，慈愛利澤加于百姓，故海内歸之若流水。今衰世君人者，辟邪阿黨，故讒諂群徒之卒繁；厚身養，薄視民，故聚斂之人行；侵大國之地，耗小國之民，故諸侯不欲其尊；劫人以兵甲，威人以衆強，故天下不欲其強；災害加於諸侯，勞苦施於百姓，故讎敵進伐，天下不救，貴威離散，[①]百姓不興。[②]"公曰："然則何若？"對曰："請卑辭重幣，以説于諸侯，輕罪省功，以謝於百姓，其可乎？"公曰："諾。"於是卑辭重幣，而諸侯附，輕罪省功，而百姓親，故小國入朝，燕魯共貢。墨子聞之曰："晏子知道，道在爲人，而失爲己。爲人者重，自爲者輕。景公自爲，而小國不爲與，在爲人，而諸侯爲役，[③]則道在爲人，而行在反己矣，故晏子知道矣。"

景公問欲善齊國之政以干霸王晏子對以官未具第六

景公問晏子曰："吾欲善治齊國之政，以干霸王之諸

① "威"，《二十二子》本、經訓堂本作"戚"。

② "興"，王念孫云："興字於義無取，當是與字之誤。"

③ "景公"至"爲役"，王念孫云："今本'爲人'上有'在'字，乃上文之脱字，誤入此文内。案'小國不爲與'，'爲'字涉上下諸'爲'字而衍，'小國不與'與'諸侯爲役'對文，則'與'上不當有'爲'字。"

侯。[①]"晏子作色對曰:"官未具也。臣數以聞,而君不肯聽也。故臣聞仲尼居處惰倦,廉隅不正,則季次、原憲侍;氣鬱而疾,志意不通,則仲由、卜商侍;德不盛,行不厚,則顔回、騫雍侍。今君之朝臣萬人,兵車千乘,不善政之所失于下,賈墜于民者衆矣。未有能士敢以聞者。臣故曰官未具也。"公曰:"寡人今欲從夫子而善齊國之政,可乎?"對曰:"嬰聞國有具官,然後其政可喜。[②]"公作色不説,曰:"齊國雖小,則可謂官不具?[③]"對曰:"此非臣之所復也。昔吾先君桓公身體惰懈,辭令不給,則隰朋昵侍;右左多過,獄讞不中,則弦寧昵侍;田野不修,民氓不安,則寧戚昵侍;軍吏怠,戎士偷,則王子成甫昵侍;居處佚怠,左右懾畏,繁乎樂,省乎治,則東郭牙昵侍;德義不中,信行衰微,則管子昵侍。先君能以人之長續其短,以人之厚補其薄,是以辭令窮遠而不逆,兵加於有罪而不頓,是故諸侯朝其德,而天子致其胙。今君之過失多矣,未有一士以聞也。故曰官不具。"公曰:"善。"

景公問欲如桓公用管仲以成霸業晏子對以不能第七

景公問晏子曰:"昔吾先君桓公,有管仲夷吾保義齊國,能遂武功而立文德,糾合兄弟,撫存翌州,[④]吴越受令,荆楚惛憂,莫不賓服,勤于周室,天子加德。先君昭功,管子之力

① 孫星衍云:"此句疑脱誤。"
② "喜",《二十二子》本、經訓堂本作"善"。
③ "可",《二十二子》本、經訓堂本作"何"。
④ "翌州",王念孫認爲:二字義不可通,"翌"當爲"冀"。

也。今寡人亦欲存齊國之政於夫子，夫子以佐佑寡人，彰先君之功烈，而繼管子之業。”晏子對曰：“昔吾先君桓公能任用賢，固有什五，①治遍細民，貴不凌賤，富不傲貧，功不遺罷，佞不吐愚，舉事不私，聽獄不阿，内妾無羨食，外臣無羨禄，鰥寡無饑色；不以飲食之辟害民之財，不以宫室之侈勞人之力；節取於民，而普施之，府無藏，倉無粟，上無驕行，下無諂德。是以管子能以齊國免於難，而以吾先君參乎天子。今君欲彰先君之功烈，而繼管子之業，則無以多辟傷百姓，無以嗜欲玩好怨諸侯，臣孰敢不承善盡力，以順君意？今君疏遠賢人，而任讒諛；使民若不勝，②藉斂若不得；厚取於民，而薄其施；多求於諸侯，而輕其禮；府藏朽蠹，而禮悖於諸侯，菽粟藏深，而怨積於百姓；君臣交惡，而政刑無常：臣恐國之危失，而公不得享也。又惡能彰先君之功烈而繼管子之業乎？”

景公問莒魯孰先亡晏子對以魯後莒先第八

景公問晏子：“莒與魯孰先亡？”對曰：“以臣觀之也，莒之細人，變而不化，貪而好假，高勇而賤仁；士武以疾，忿急以速竭，是以上不能養其下，下不能事其上，上下不能相收，則政之大體失矣。故以臣之觀也，莒其先亡。”公曰：“魯何如？”對曰：“魯之君臣，猶好爲義，下之妥妥也，奄然寡聞，是以上能養其下，③下能事其上，上下相收，政之大體存矣。故魯猶可長守，然其亦有一焉。彼鄒滕雉奔而出其地，猶稱公侯，大之

① “固”，《二十二子》本、經訓堂本作“國”。
② “若”，經訓堂本無此字。
③ “養其”，原倒作“其養”，據《二十二子》本、經訓堂本乙正。

事小，[1]弱之事強久矣。彼周者，殷之樹國也，魯近齊而親殷，以變小國，[2]而不服於鄰，以遠望魯，[3]滅國之道也。齊其有魯與莒乎？”公曰：“魯與莒之事，寡人既得聞之矣，寡人之德亦薄，然後世孰踐有齊國者？”對曰：“田無宇之後爲幾。”公曰：“何故也？”對曰：“公量小，私量大，以施於民。其與士交也，用財無筐篋之藏，國人負攜其子而歸之，若水之流下也。夫先與人利，而後辭其難，不亦寡乎！若苟勿辭也，從而撫之，不亦幾乎！”

景公問治國何患晏子對以社鼠猛狗第九

景公問於晏子曰：“治國何患？[4]”晏子對曰：“患夫社鼠。”公曰：“何謂也？”對曰：“夫社，束木而塗之，鼠因往托焉，熏之則恐燒其木，灌之則恐敗其途，此鼠所以不可得殺者，以社故也。夫國亦有焉，人主左右是也。内則蔽善惡于君上，外則賣權重于百姓，不誅之則爲亂，誅之則爲人主所案據，腹而有之，此亦國之社鼠也。人有酤酒者，爲器甚潔清，置表甚長，而酒酸不售。問之里人其故，里人曰：‘公狗之猛，人挈器而入，且酤公酒，狗迎而噬之，此酒所以酸而不售也。’夫國亦有猛狗，用事者是也。有道術之士，欲干萬乘之主，而用事者迎而齕之，此亦國之猛狗也。左右爲社鼠，用事者爲猛狗，主

---

① “大之事小”，王念孫云：“‘大之事小’當作‘小之事大’，今本‘小’、‘大’互易，則意不可通。”

② “彼周者”至“以變小國”，孫星衍認爲當作“彼晋者，周之樹國也，魯近齊而親晋，以褊小國”。

③ “魯”，俞樾認爲當作“晋”。

④ “何”，原脱，據《二十二子》本、經訓堂本補。

安得無壅，國安得無患乎？”或作：用事者爲猛狗，則道術之士不得用矣。此治國之所患也。①

景公問欲令祝史求福晏子對以當辭罪而無求第十②

景公問晏子曰：“寡人意氣衰，身病甚。今吾欲具圭璋犧牲，令祝宗薦之乎上帝宗朝，③意者禮可以干福乎？”晏子對曰：“嬰聞之，古者先君之干福也，政必合乎民，行必順乎神；節宫室，不敢大斬伐，無逼山林；④節飲食，無多畋漁，以無逼川澤；祝宗用事，辭罪而不敢有所求也。是以神民俱順，而山川納禄。今君政反乎民，而行悖乎神；大宫室，多斬伐，以逼山林；羨飲食，多畋漁，以逼川澤。是以民神俱怨，而山川收禄，司過薦罪，⑤而祝宗祈福，意者逆乎！”公曰：“寡人非夫子無所聞此，請革心易行。”于是廢公阜之游，止海食之獻，斬伐者以時，畋漁者有數，居處飲食，節之勿羨，祝宗用事，辭罪而不敢有所求也。故鄰國忌之，百姓親之，晏子没而後衰。

---

①“或作”至“患也”二十四字，《二十二子》本、經訓堂本無。

②“對”，原誤作“病”；“當”，原誤作“常”，均據卷首目録改。

③“宗朝”，《二十二子》本、經訓堂本作“宗廟”。簡本駢宇騫注云：“明本‘宗朝’當爲‘宗廟’之誤。”

④“無逼山林”，簡本作“毋以服山林”。“無逼”上，《二十二子》本、經訓堂本有“以”字。駢宇騫云：“《治要》本與明本略同，唯‘無逼山林’上有‘以’字，……明本‘無逼山林’上脱‘以’字，簡本、《治要》本有。簡本‘服’當讀爲‘逼’，二字古音相近，可通假。”

⑤“罪”，簡本作“至”。

景公問古之盛君其行如何晏子對以問道者更正第十一

景公問晏子曰："古之盛君其行如何?"晏子對曰："薄于身而厚于民,約于身而廣于世。其處上也,足以明政行教,不以威天下;其取財也,權有無,均貧富,不以養嗜欲。誅不避貴,賞不遺賤;不淫于樂,不遁于哀;盡智導民,而不伐焉;勞力歲事,而不責焉。爲政尚相利,故下不以相害;行教尚相愛,故民不以相惡爲名。刑罰中於法,廢罪順於民。是以賢者處上而不華,不肖者處下而不怨。四海之内,社稷之中,粒食之民,一意同欲。若夫私家之政,生有遺教。此盛君之行也。"公不圖。晏子曰："臣聞問道者更正,聞道者更容。今君税斂重,故民心離;市買悖,故商旅絶;玩好充,故家貨殫。積邪在於上,蓄怨藏於民,嗜欲備於側,毁非滿於國,而公不圖。"公曰："善。"于是令玩好不御,公市不豫,宫室不飾,業土不成,止役輕税,上下行之,而百姓相親。

景公問謀必得事必成何術晏子對以度義因民第十二

景公問晏子曰："謀必得,事必成,有術乎?"晏子對曰："有。"公曰："其術如何?"晏子曰："謀度於義者必得,事因于民者必成。"公曰："奚謂也?"對曰："其謀也,左右無所繫,上下無所靡,其聲不悖,其實不逆,謀於上,不違天,謀於下,①

---

① "下",原脱,據《二十二子》本、經訓堂本補。

不違民。以此謨者必得矣;[1]事大則利厚,事小則利薄,稱事之小大,權利之輕重,國有義勞,民有如利,以此舉事者必成矣。夫逃人而謨,雖成不安;傚民舉事,雖成不榮。故臣聞義謀之法者,民事之本也。故及義而謀,信民而動,未聞不存者也。[2] 昔三代之興也,謀必度其義,事必因于民。及其衰也,建謀不及義,[3]興事傷民。故度義因民,謀事之術也。"公曰:"寡人不敏,聞善不行,其已如何?[4]"對曰:"上君全善,其次出入焉,其次結邪而羞問。全善之君能制,出入之君時問之君,[5]雖日危,尚可以没身;羞問之君,不能保其身。今君雖危,尚可没其身也。"

景公問善爲國家者何如晏子對以舉賢官能第十三[6]

景公問晏子曰:"蒞國治民,善爲國家者何如?"晏子對曰:"舉賢以臨國,官能以敕民,則其道也。舉賢官能,則民與若矣。[7]"公曰:"雖有賢能,吾庸知乎?"晏子對曰:"賢而隱,庸爲賢乎,吾君亦不務乎是,故不知也。"公曰:"請問求賢。"對曰:"觀之以其游,説之以其行,君無以靡曼辯辭定其行,無以毁譽非議定其身,如此,則不爲行以揚聲,不掩欲以榮君。

---

① "謨",《二十二子》本、經訓堂本作"謀"。
② "不",原脱,據《二十二子》本、經訓堂本補。
③ "不",原誤作"者",據《二十二子》本、經訓堂本改。
④ "已",《二十二子》本、經訓堂本作"危"。
⑤ "時問之君",《二十二子》本、經訓堂本無"之君"二字。
⑥ "問"下原脱"善"字,據卷首目録及正文改。
⑦ "若",盧文弨認爲當作"君"。

故通則視其所舉，窮則視其所不爲，富則視其所不取。夫上士難進而易退也，其次易進易退也，其下易進難退也。以此數物者取人，其可乎！”

景公問君臣身尊而榮難乎晏子對以易第十四

景公問晏子曰：“爲君，身尊民安，爲臣，事治身榮，難乎，易乎？”晏子對曰：“易。”公曰：“何若？”對曰：“爲君節養其餘以顧民，則君尊而民安；爲臣忠信而無逾職業，則事治而身榮。”公又問：“爲君何行則危？爲臣何行則廢？”晏子對曰：“爲君，厚藉斂而托之爲民，進讒諛而托之用賢，遠公正而托之不順，君行此三者則危；爲臣，比周以求進，①逾職業，防下隱利而求多，從君，不陳過而求親，人臣行此三者則廢。故明君不以邪觀民，守則而不虧，立法儀而不犯，苟有所求于民，而不以身害之，是故刑政安於下，民心固於上。故察士不比周而進，不爲苟而求，言無陰陽，行無内外，順則進，否則退，不與上行邪。是以進不失廉，退不失行也。”

景公問天下之所以存亡晏子對以六説第十五

景公問晏子曰：“寡人持不仁，其無義耳也。不然，北面與夫子而義。②”晏子對曰：“嬰，人臣也，公曷爲出若言？”公

---

① “進”，原作“寸”，據《二十二子》本、經訓堂本改。

② 蘇輿認爲兩“義”字當爲“議”，蓋通假字。

曰:“請終問天下之所以存亡。”晏子曰:“縵密不能,蔍苴學者詘,①身無以用人,而又不爲人用者卑。善人不能戚,惡人不能疏者危。交游朋友從,無以説於人,又不能説人者窮。事君要利,大者不得,小者不爲者餒。修道立義,大不能專,小不能附者滅。此足以觀存亡矣。”

景公問君子常行曷若晏子對以三者第十六

景公問晏子曰:“君子常行曷若?”晏子對曰:“衣冠不中,不敢以入朝;所言不義,不敢以要君;行己不順,治事不公,②不敢以蒞衆。衣冠無不中,故朝無奇辟之服;所言無不義,故下無僞上之報;身行順,治事公,故國無阿黨之義。三者,君子之常行者也。”

景公問賢君治國若何晏子對以任賢愛民第十七

景公問晏子曰:“賢君之治國若何?”晏子對曰:“其政任賢,其行愛民,其取下節,其自養儉;在上不犯下,在治不傲窮;從邪害民者有罪,進善舉過者有賞。其政,刻上而饒下,赦過而救窮;不因喜以加賞,不因怒以加罰;不從欲以勞民,不修怒而危國;上無驕行,下無諂德;上無私義,下無竊權;上

① “縵密”二句,王念孫曰:“當作‘縵密不能,蔍苴不學者詘’。言縵密之事既不能,蔍苴之事又不學,則未有不詘者也。”

② “治事”上,原衍“不敢”二字,據《二十二子》本、經訓堂本删。

無朽蠹之藏，下無凍餒之民；不事驕行而尚司，[①]其民安樂而尚親。賢君之治國若此。"

景公問明王之教民何若晏子對以先行義第十八

景公問晏子曰："明王之教民何若？"晏子對曰："明其教令，而先之以行義；養民不苛，而防之以刑辟；所求于下者，[②]不務於上；所禁於民者，不行于身。守于民財，無虧之以利，立于儀法，不犯之以邪，苟所求于民，不以身害之。故下之勸從其教也。稱事以任民，中聽以禁邪，不窮之以勞，不害之以實，苟所禁于民，不以事逆之，故下不敢犯其上也。[③] 古者百里而異習，千里而殊俗，[④]故明王修道，一民同俗。上愛民爲法，下相親爲義，是以天下不相遺，此明王教民之理也。[⑤]"

景公問忠臣之事君何若晏子對以不與君陷於難第十九

景公問於晏子曰："忠臣之事君也何若？"晏子對曰："有難不死，出亡不送。"公不悦，曰："君裂地而封之，疏爵而貴

---

① "尚司"，簡本作"尚同"。騈宇騫云："明本'尚司'之'司'，盧文弨云：'疑"同"，《墨子》有《上同》篇。'今案盧説甚是，與簡本合。"

② "所求"，原誤作"求所"，據簡本、《二十二子》本、經訓堂本乙正。

③ "苟所禁"至"上也"，簡本作"笱所求於民不以事逆故下不敢犯禁也"。

④ "古者"至"殊俗"，簡本作"古者百里異名千里異習"。

⑤ "明王教民之理"，簡本作"明王之教民"。騈宇騫云："《治要》本與簡本同。"王念孫云："案本作'此明王之教民也'，上章'賢君之治國若此'，正對'賢君治國若何'之問。本章'此明王之教民也'，亦正對'明王教民若何'之問。今本作'此明王教民之理也'詞義庸劣，乃後人所改。《群書治要》正作'此明王之教民也'。"

之，君有難不死，出亡不送，可謂忠乎？”對曰：“言而見用，終身無難，臣奚死焉？謀而見從，終身不出，臣奚送焉？若言不用，有難而死之，是妄死也；謀而不從，出亡而送之，是詐僞也。故忠臣也者，能納善於君，不能與君陷於難。”

景公問忠臣之行何如晏子對以不與君行邪第二十①

景公問晏子曰：“忠臣之行何如？”對曰：“不掩君過，諫乎前，不華乎外；選賢進能，不私乎内；稱身就位，計能定禄；睹賢不居其上，受禄不過其量；不權居以爲行，不稱位以爲忠；不揜賢以隱長，不刻下以諛上，君在不事太子，國危不交諸侯；順則進，否則退，不與君行邪也。②”

景公問佞人之事君何如晏子對以愚君所信也第二十一③

景公問：“佞人之事君何如？”④晏子對曰：“意難，難不至也。⑤明言行之以飾身，僞言無欲以説人，嚴其交以見其愛，觀上之所欲，而微爲之偶，求君逼爾，而陰爲之與；内重爵禄，

① “對”，原作“敓”，據卷首目録改。

② 駢宇騫云：“明本此章至‘不與君行邪也’止，與下章‘景公問佞人之事君何如晏子對愚君所信也’分爲兩章。簡本合兩章爲一章，此章末句‘此忠臣之行也’下緊接‘公有（又）問曰：佞人之事君何如’句。疑古本作一章，後人析爲兩章。”

③ “以”，原脱，據卷首目録及上下章題體例補。

④ “何如”，原作“如何”，據上下文、簡本及其駢注乙正。

⑤ “晏子”至“至也”，簡本作“合曰意難之不至也”。

而外輕之以誣行，下事左右，而面示正公以僞廉；求上采聽，而幸以求進；傲禄以求多，辭任以求重；工乎取，鄙乎予，歡乎新，慢乎故，恡乎財，[①]薄乎施。睹貧窮若不識，趨利若不及；[②]外交以自揚，背親以自厚；積豐義之養，而聲矜恤之義。非譽乎情而言不行身，[③]涉時所議而好論賢不肖。有之己，不難非之人；無之己，不難求之人。其言彊梁而信，其進敏遜而順。此佞人之行也。明君之所誅，愚君之所信也。"

景公問聖人之不得意何如晏子對以不與世陷乎邪第二十二

景公問晏子曰："聖人之不得意何如？"晏子對曰："上作事反天時，從政逆鬼神，藉斂殫百姓；[④]四時易序，神祇並怨；道忠者不聽，薦善者不行，諛過者有賚，救失者有罪。故聖人伏匿隱處，不干長上，潔身守道，不與世陷乎邪，是以卑而不失義，瘁而不失廉。此聖人之不得意也。""聖人之得意何如？"對曰："世治政平，舉事調乎天，藉斂和乎百姓，樂及其政，遠者懷其德；[⑤]四時不失序，風雨不降虐；天明象而贊，地

---

① 駢宇騫云："明本'恡'乃'吝'之俗體，《論語·泰伯篇》：'使驕且吝。'《釋文》云：'吝，本作恡。'孫星衍云：'恡，當爲吝。'"

② 駢宇騫云："明本'趨利若不及'，吴則虞云：'"利"上疑脱一字。'吴説當是，此句與'睹貧窮若不識'爲對文，據簡本，明本'利'上當脱一'富'字。"

③ 駢宇騫云："明本'非譽乎情'……明本當有訛脱。簡本作'非譽不徵乎情'較明本義長。徵，證驗，證明。"

④ "藉"，原誤作"籍"，據下文改。

⑤ "舉事"至"其德"，王念孫云："案《群書治要》作'舉事調乎天，藉斂和乎民，百姓樂其政，遠者懷其德'，皆是也。……此四句皆五字爲句，而兩兩相對。今本脱一'民'字，衍一'及'字，而文意參差不協矣。"

長育而具物;神降福而不靡,民服教而不僞;治無怨業,居無廢民。此聖人之得意也。”

景公問古者君民用國不危弱晏子對以文王第二十三

景公問晏子曰:“古者君民而不危,用國而不弱,惡乎失之?”晏子對曰:“嬰聞之,以邪蒞國,以暴和民者危,修道以要利,得求而返邪者弱。古者文王修德不以要利,滅暴不以順紂,干崇侯之暴,而禮梅伯之醢,是以諸侯明乎其行,百姓通乎其德,故君民而不危,用國而不弱也。”

景公問古之蒞國者任人如何晏子對以人不同能第二十四

景公問晏子曰:“古之蒞國治民者,其任人何如?”晏子對曰:“地不同生,而任之以一種,責其俱生不可得;人不同能,而任之以一事,不可責遍成。責焉無已,智者有不能給,求焉無饜,天地有不能贍也。故明王之任人,諂諛不邇乎左右,阿黨不治乎本朝;任人之長,不強其短,任人之工,不強其拙。此任人之大略也。”

景公問古者離散其民如何晏子對以今聞公令如寇讎第二十五

景公問晏子曰:“古者離散其民,而隕失其國者,其常行何如?”晏子對曰:“國貧而好大,智薄而好專,貴賤無親焉,[①]大臣無禮焉。尚讒諛而賤賢人,樂簡慢而玩百姓,國無常法,民無經紀。好辯以爲忠,流湎而忘國,好兵而忘民。肅于罪誅,而慢於慶賞;樂人之哀,利人之難;德不足以懷人,[②]政不足以惠民;賞不足以勸善,刑不足以防非:亡國之行也。今民聞公令如寇讎,此古離散其民,損失其國所常行者也。”

景公問欲和臣親下晏子對以信順儉節第二十六[③]

景公問晏子曰:“吾欲和民親下,奈何?”晏子對曰:“君得臣而任使之,與言信,必順其令,[④]赦其過。任大無多責焉,使邇臣無求嬖焉。無以嗜欲貧其家,無信讒人傷其心。家不外求而足,事君不因人而進,則臣和矣。儉於藉斂,節于貨財,作工不歷時,使民不盡力,百官節適,關市省征,山林陂澤,不專其利,領民治民,勿使煩亂,知其貧富,勿使凍餒,則民親矣。”公曰:“善!寡人聞命矣。”故令諸子無外親謁,辟梁丘據無使受報,百官節適,關市省征,陂澤不禁,冤報者過,留獄者請焉。[⑤]

---

① “賤無”,原倒作“無賤”,據《二十二子》本、經訓堂本乙正。
② “難德”原倒作“德難”,據《二十二子》本、經訓堂本乙正。
③ “對”,原作“敓”,據卷首目録改。
④ “令”,原誤作“今”,據《二十二子》本、經訓堂本改。
⑤ “請”,原誤作“諸”,據《二十二子》本、經訓堂本改。

景公問得賢之道晏子對以舉之以語考之以事第二十七①

景公問晏子曰:"取人得賢之道何如?"晏子對曰:"舉之以語,考之以事,能諭,則尚而親之,近而勿辱,以取人,則得賢之道也。是以明君居上,寡其官而多其行,拙於文而工於事,言不中不言,行不法不爲也。"

景公問臣之報君何以晏子對以報以德第二十八

景公問晏子曰:"臣之報其君何以?"晏子畋曰:"臣雖不知,必務報君以德。士逢有道之君,則順其令;逢無道之君,則爭其不義。故君者擇臣而使之,臣雖賤,亦得擇君而事之。"

景公問臨國莅民所患何也晏子對以患者三第二十九

景公問晏子曰:"臨國莅民,所患何也?"晏子對曰:"所患者三:忠臣不信,一患也;信臣不忠,二患也;君臣異心,三患也。是以明君居上,無忠而不信,無信而不忠者,是故君臣同欲,而百姓無怨也。"

---

① "七",原脱,今補。

景公問爲政何患晏子對以善惡不分第三十

景公問于晏子曰："爲政何患？"晏子對曰："患善惡之不分。"公曰："何以察之？"對曰："審擇左右。善則百僚各得其所宜，[1]而善惡分。"孔子聞之曰："此言也信矣。善進，則不善無由入矣；不善進，則善無由入矣。"

---

① "善"上，《二十二子》本、經訓堂本復有"左右"二字。

内篇問下第四凡三十章

① "勉強",原作"彊勉",據卷内章題改。
② "欲",原脱,據卷内章題及正文補。
③ "晏子使吴","晏子"原誤作"景公",據卷内章題及正文改。
④ "吴王"原誤作"景公",據卷内章題及正文改。
⑤ "晏子使魯","晏子"原誤作"景公",據卷内章題及正文改。

---

① “聽節”，原誤倒，據卷内章及正文題改。

② “忠退”，原倒作“退忠”，據卷内章題及正文改。

③ “對”，原作“敚”，據卷内章題及正文改。

④ “向”下，原脱“問”字；“愛”下，原脱“之”字；“對”下，原脱“以”字，均據卷内章題及正文補。

⑤ “叔向”，原誤倒，據卷内章題及正文乙正。

⑥ “以成行”原誤作“可成行”；“對”，原脱，分别據卷内章題改正、補足。

梁丘據問子事三君不同心晏子對以一心可以事百君第二十九

柏常騫問道無滅身無廢晏子對以養世君子第三十

景公問何修則夫先王之游晏子對以省耕實第一

景公出游，問於晏子曰："吾欲觀於轉附、朝舞，尊海而南，①至於琅琊，寡人何修則夫先王之游？"晏子再拜曰："善哉，君之問也！聞天子之諸侯爲巡狩，諸侯之天子爲述職，故春省耕而補不足者謂之游，秋省實而助不給者謂之豫。夏諺曰：'吾君不游，我曷以休？吾君不豫，我曷以助？一游一豫，爲諸侯度。'今君之游不然。師行而量食，貧苦不補，勞者不息。夫從南歷時而不反謂之流，從下而不反謂之連，從獸而不歸謂之荒，從樂而不歸謂之亡。古者聖王無流連之游，荒亡之行。"公曰："善。"命吏計公掌之粟，藉長幼貧氓之數，吏所委發廩出粟，以予貧民者三千鍾，公所身見癃老者七十人，振贍之，然後歸也。

景公問桓公何以致霸晏子對以下賢以身第二

景公問於晏子曰："昔吾先君桓公，善飲酒窮樂，食味方丈，好色無别，辟若此，何以能率諸侯以朝天子乎？"晏子對曰："昔吾先君桓公，變俗以政，下賢以身。管仲，君之賊者

① "尊"，《二十二子》本、經訓堂本並作"遵"。

也，知其能足以安國濟功，故迎之于魯郊，自御，禮之於廟。異日，君過于康莊，聞寧戚歌，止車而聽之，則賢人之風也，舉以爲大田。先君見賢不留，使能不怠，是以内政則民懷之，征伐則諸侯畏之。今君聞先君之過，而不能明其大節。桓公之霸也，君奚疑焉？"

景公問欲逮桓公之後晏子對以任非其人第三①

景公問晏子曰："昔吾先君桓公，從車三百乘，九合諸侯，一匡天下。今吾從車千乘，可以逮先君桓公之後乎？"晏子對曰："桓公從車三百乘，九合諸侯，一匡天下者，左有鮑叔，右有仲父。今君左爲倡，右爲優，讒人在前，諛人在後，又焉可逮桓公之後者乎？"

景公問廉政而長久晏子對以其行水也第四

景公問晏子："廉政而長久，其行何也？"晏子對曰："其行水也。美哉水乎清清，其濁無不雩途，②其清無不灑除，是以長久也。"公曰："廉政而遬亡，其行何也？"對曰："其行石也。堅哉石乎落落，視之則堅，循之則堅，内外皆堅，無以爲久，是以遬亡也。"

---

① "問"，原脱，據卷首目録及正文補。
② "無不"，原倒作"不無"，據《二十二子》本、經訓堂本及正文乙正。

景公問爲臣之道晏子對以九節第五

景公問晏子曰："請問爲臣之道。"晏子對曰："見善必通，不私其利；慶善而不有其名；①稱身居位，不爲苟進；稱事授禄，不爲苟得；體貴側賤，不逆其倫；居賢不肖，不亂其序；肥利之地，不爲私邑；賢質之士，不爲私臣；君用其所言，民得其所利，而不伐其功。此臣之道也。"

景公問賢不肖可學乎晏子對以勉強爲上第六

景公問晏子曰："人性有賢不肖，可學乎？"晏子對曰："《詩》云'高山仰止，景行行止'之者，其人也。故諸侯並立，善而不怠者爲長；②列士並學，終善者爲師。"

景公問富民安衆晏子對以節欲中聽第七

景公問晏子曰："富民安衆難乎？"晏子對曰："易。節欲則民富，中聽則民安，行此兩者而已矣。"

景公問國何如則謂安晏子對以内安政外歸義第八

景公問晏子曰："國如何則可謂安矣？"晏子對曰："下無

---

① "慶善"，王念孫云："'慶'本作'薦'。'不有其名'，謂不以薦善自居也。……《群書治要》正作'薦善'。"

② "長"下，原衍一"長"字，據《二十二子》本、經訓堂本删。

諱言,官無怨治。通人不華,窮民不怨。喜樂無羡賞,忿怒無羡刑。上有禮於士,下有恩于民。地博不兼小,兵強不劫弱。百姓内安其政,外歸其義。可謂安矣。”

景公問諸侯孰危晏子對以莒其先亡第九

景公問晏子曰:“當今之時,諸侯孰危?”晏子對曰:“莒其先亡乎!”公曰:“何故?”對曰:“地侵於齊,貨謁于晋,①是以亡也。”

晏子使吴吴王問可處可去晏子對以視國治亂第十

晏子聘於吴。吴王曰:“子大夫以君命辱在弊邑之地,施貺寡人,寡人受貺矣,願有私問焉。”晏子巡遁而對曰:“嬰,北方之賤臣也,得奉君命,以趨於末朝,恐辭令不審,譏於下吏,懼不知所以對者。”吴王曰:“寡人聞夫子久矣,今乃得見,願終其問。”晏子避席對曰:“敬受命矣。”吴王曰:“國如何則可處,如何則可去也?”晏子對曰:“嬰聞之,親疏得處其倫,大臣得盡其忠,民無怨治,國無虐刑,則可處矣。是以君子懷不逆之君,居治國之位。親疏不得居其倫,大臣不得盡其忠,民多怨治,國有虐刑,則可去矣。是以君子不懷暴君之禄,不處亂國之位。”

① “謁”,元刻本作“竭”。

吴王問保威强不失之道晏子對以先民後身第十一

晏子聘於吴。吴王曰:"敢問長保威强勿失之道若何?"晏子對曰:"先民而後身,先施而後誅;强不暴弱,貴不凌賤,富不傲貧;百姓並進,有司不侵,民和政平;不以威强退人之君,不以衆强兼人之地;其用法,爲時禁暴,故世不逆其志;其用兵,爲衆屏患,故民不疾其勞:此長保威强勿失之道也。失此者危矣![1]"吴王忿然作色,不説。[2] 晏子曰:"寡君之事畢矣,嬰無斧鑕之罪,請辭而行。"遂不復見。

晏子使魯魯君問何事回曲之君晏子對以庇族[3]第十二

晏子使魯。見昭公,昭公説曰:"天下以子大夫語寡人者衆矣,今得見而羡乎所聞,請私而無爲罪。寡人聞大國之君,蓋回曲之君也,曷爲以子大夫之行事回曲之君乎?"晏子逡循對曰:"嬰不肖,嬰之族又不若嬰,待嬰而祀先者五百家,故嬰不敢擇君。"晏子出,昭公語人曰:"晏子,仁人也。反亡君,安危國,而不私利焉。僇崔杼之尸,滅賊亂之徒,不獲名焉;使齊外無諸侯之憂,内無國家之患,不伐功焉;鍖然不滿,退托於族。晏子可謂仁人矣。"

---

① "失",原脱,據《二十二子》本、經訓堂本補。
② "不説"下原衍一"曰"字,據《二十二子》本、經訓堂本删。
③ "族",原作"秩",據《二十二子》本、經訓堂本及卷首目録、正文改。

魯昭公問魯一國迷何也晏子對以化爲一心第十三

晏子聘于魯。魯昭公問焉:“吾聞之,莫三人而迷,今吾以魯一國迷慮之,不免于亂,何也?”晏子對曰:“君之所尊舉而富貴,入所以與圖身,出所以與圖國。及左右逼邇,皆同于君之心者也。犒魯國化而爲一心,曾無與二,其何暇有三?夫逼邇于君之側者,距本朝之勢,國之所以治也;左右讒諛,相與塞善,行之所以衰也。士者持禄,游者養交,身之所以危也。《詩》曰:‘芃芃棫樸,薪之槱之,濟濟辟王,左右趨之。’此言古者聖王明君之使以善也。故外知事之情,而内得心之誠,是以不迷也。”

魯昭公問安國衆民晏子對以事大養小謹聽節儉第十四

晏子聘于魯。魯昭公問曰:“夫儼然辱臨弊邑,竊甚嘉之,寡人受貺。請問安國衆民如何?”晏子對曰:“嬰聞傲大賤小則國危,慢聽厚斂則民散。事大養小,安國之器也;謹聽節儉,衆民之術也。”

晏子使晉晉平公問先君得衆若何晏子對以如美淵澤第十五

晏子使晉,晉平公饗之文室。既靜矣,晏以,平公問焉,曰:“昔吾先君得衆若何?”晏子對曰:“君饗寡君,施及使臣,御在君側,恐懼不知所以對。"平公曰:"聞子大夫數矣,今乃得見,願終聞之。"晏子對曰:"臣聞君子如美淵澤容之,衆人歸之,如魚有依,極其游泳之樂;若淵澤決竭,其魚動流,夫往者維雨乎,不可復已。"公又問曰:"請問莊公與今孰賢?"晏子曰:"兩君之行不同,臣不敢知也。[1]"公曰:"王室之不正也,[2]諸侯之專制也,是以欲聞子大夫之言也。"對曰:"先君莊公不安靜處,樂節飲食,不好鍾鼓,好兵作武,士與同飢渴寒暑,君之強,過人之量,有一過不能已焉,是以不免于難。今君大宫室,美臺榭,以辟飢渴寒暑,畏禍,敬鬼神,君之善足以没身,不足以及子孫矣。"

晋平公問齊君德行高下晏子對以小善第十六

晏子使于晋。晋平公問曰:"吾子之君,德行高下如何?"晏子對以"小善"。公曰:"否,吾非問小善,問子之君德行高下也。"晏子蹴然曰:"諸侯之交,紹而相見,辭之有所隱也。君之命質,臣無所隱。嬰之君無稱焉。"平公蹴然而辭,送,再拜而反,曰:"殆哉吾過!誰曰齊君不肖,直稱之士,正在本朝也。"

晋叔向問齊國若何晏子對以齊德衰民歸田氏第十七

晏子聘于晋,叔向從之宴,相與語。叔向曰:"齊其何

① "知"上原有"不"字,據盧文弨校删。
② "不",原脱,據劉師培説補。

如?”晏子對曰:“此季世也,吾弗知,齊其爲田氏乎!”叔向曰:“何謂也?”晏子曰:“公棄其民,而歸於田氏。齊舊四量:豆、區、釜、鐘,四升爲豆,各自其四,以登於釜,釜十則鐘。田氏三量,皆登一焉,鐘乃巨矣。以家量貸,以公量收之。山木如市,弗加于山;魚鹽蜃蛤,①弗加於海。民參其力,二入於公,而衣食其一;公積朽蠹,而老小凍餒。國都之市,屨賤而踊貴。民人痛疾,或燠休之。昔者殷人誅殺不當,僇民無時,文王慈惠殷衆,收恤無主,是故天下歸之,無私與,維德之授。今公室驕暴,而田氏慈惠,其愛人如父母,②而歸之如流水,無獲民,將焉避?其伯、③直柄、虞遂、伯戲,其相胡公大姬,已在齊矣。”叔向曰:“雖吾公室,亦季世也。戎馬不駕,④卿無軍行,公乘無人,卒列無長;庶民罷弊,宫室滋侈,道殣相望,而女富溢尤;民聞公命,如逃寇讎;欒郤、晋原、⑤孤續、慶伯,降在皂隸。政在家門,民無所依,而君日不悛,以樂慆憂;公室之卑,其何日之有!讒鼎之銘曰:‘昧旦丕顯,後世猶怠。’曰不悛,⑥其竜久乎!⑦”晏子曰:“然則子將若何?”叔向曰:“人事畢矣,待天而已矣!晋之公族盡矣。肸聞之,公室將卑,其宗族枝葉先落,則公從之。肸之宗十一族,維羊舌氏在而已,肸又無子,公室無度,幸而得死,豈其獲祀焉。”

---

① “蜃”,原誤作“脣”,據《二十二子》本、經訓堂本改。

② “人”,《二十二子》本、經訓堂本作“之”。

③ “其”,《二十二子》本、經訓堂本作“箕”。

④ “戎馬”,原誤爲一字,據《二十二子》本、經訓堂本改。

⑤ “晋”,《二十二子》本、經訓堂本作“胥”。

⑥ “曰”上,《二十二子》本、經訓堂本並有“況”字。“曰”,《二十二子》本、經訓堂本作“日”,是。《左傳·昭公三年》亦作“況日”。

⑦ “竜”,《左傳·昭公三年》作“能”。

叔向問齊德衰子若何晏子對以進不失忠退不失行第十八

叔向問晏子曰:“齊國之德衰矣,今子何若?”晏子對曰:“嬰聞,事明君者,竭心力以没其身,行不逮則退,不以誣持禄;事惰君者,優游其身以没其世,力不能則去,不以諛持危。且嬰聞,君子之事君也,進不失忠,退不失行。不苟合以隱忠,可謂不失忠;不持利以傷廉,可謂不失行。”叔向曰:“善哉!《詩》有之曰:‘進退維谷。’其此之謂歟!”

叔向問正士邪人之行如何晏子對以使下順逆第十九[①]

叔向問晏子曰:“正士之義,邪人之行,何如?”晏子對曰:“正士處勢臨衆不阿私,行於國足養而不忘故。通則事上,使恤其下;窮則教下,使順其上。事君盡禮行忠,不正爵禄。不用則去而不議。其交友也,論身義行,不爲苟戚,不同則疏而不悱。不毁進於君,不以刻民尊於國。故用於上則民安,行於下則君尊;故得衆上不疑其身,用于君不悖於行。是以進不喪亡,退不危身,此正士之行也。邪人則不然。用於上則虐民,行于下則逆上;事君苟進不道忠,交友苟合不道行;持諛巧以正禄,比奸邪以厚養;矜爵禄以臨人,夸禮貌以華世;不任於上則輕議,不篤于友則好誹。故用于上則民憂,行于

① “邪人”,原倒作“人邪”,據卷首目録及正文乙正。

下則君危。是以其事君近於罪，其交友近於患，其得上辟于辱，其爲生僨于刑。故用于上則誅，行于下則弑。是故交通則辱，生患則危，此邪人之行也。”

叔向問事君徒處之義奚如晏子對以大賢無擇第二十

叔向問晏子曰：“事君之倫，徒處之義，奚如？”晏子對曰：“事君之倫，知慮足以安國，譽厚足以導民，和柔足以懷衆，不廉上以爲名，不倍民以爲行，上也；潔于治己，不飾過以求先，不讒諛以求進，不阿久私，[1]不誣所能，次也；盡力守職不怠，奉官從上不敢隋，[2]畏上故不苟，忌罪故不辟，下也。三者，事君之倫也。及夫大賢，則徒處與有事無擇也，隨時宜者也。有所謂君子者，能不足以補上，退處不順上，治唐園，考菲履，共恤上令，第長鄉里，不夸言，不愧行，君子也。不以上爲本，不以民爲憂，内不恤其家，外不顧其身游，夸言愧行，自勒于飢寒，[3]不及醜儕，命之曰狂僻之民，明上之所禁也。進也不能及上，退也不能徒處，作窮于富利之門，畢志于畎畝之業，窮通行無常處之慮，佚于心，利通不能，窮業不成，命之曰處封之民，明上之所誅也。有智不足以補君，[4]有能不足以勞民，俞身徒處，謂之傲上，苟進不擇所道，苟得不知所惡，謂之

① “久”，《二十二子》本、經訓堂本作“以”。
② “隋”，原作“陏”，據《二十二子》本、經訓堂本改。
③ “勒于飢”，《二十二子》本、經訓堂本作“勤於饑”。
④ “以”，原脱，據《二十二子》本、經訓堂本及下文補。

亂賊。身無以與君,能無以勞民,飾徒處之義,揚輕上之名,謂之亂國。明君在上,三者不免罪。"叔向曰:"賢不肖,性夫!吾每有問,而未嘗自得也。"

叔向問處亂世其行正曲晏子對以民爲本第二十一①

叔向問晏子曰:"世亂不遵道,上辟不用義;正行則民遺,曲行則道廢。正行而遺民乎?與持民而遺道乎?此二者之于行何如?"晏子對曰:"嬰聞之,卑而不失尊,曲而不失正者,以民爲本也。苟持民矣,安有遺道?苟遺民矣,安有正行焉?"

叔向問意孰爲高行孰爲厚晏子對以愛民樂民第二十二

叔向問晏子曰:"意孰爲高?行孰爲厚?"對曰:"意莫高于愛民,行莫厚於樂民。"又問曰:"意孰爲下?行孰爲賤?"對曰:"意莫下於刻民,行莫賤于害身也。②"

---

① "行",原脱,據卷首目録及正文補。

② "身",簡本作"民"。駢宇騫云:"'身'疑爲後人妄改。吴則虞云:'"身"爲"民"字之誤。'甚是。又案:明本此章至'行莫賤於害身也'止,簡本'行莫賤於害民'下緊接'有問曰:鄰嗇之於行何如?'至'犇愛者小人之行也'數句,明本此段爲《内篇問下·叔向問嗇吝愛之於行何如晏子對以嗇者君子之道第二十三》章,簡本合兩章爲一章,與明本篇章分合不同。疑原本爲一章,後人析爲兩章。"

叔向問嗇吝愛之於行何如晏子對以嗇者君子之道第二十三

叔向問晏子曰:“嗇吝愛之于行何如?”晏子對曰:“嗇者,君子之道;吝愛者,小人之行也。”叔向曰:“何謂也?”晏子曰:“稱財多寡而節用之,[①]富無金藏,貧不假貸,謂之嗇。積多不能分人,而厚自養,謂之吝。不能分人,又不能自養,謂之愛。故夫嗇者,君子之道;[②]吝愛者,小人之行也。”

叔向問君子之大義何若晏子對以尊賢退不肖第二十四

叔向問晏子曰:“君子之大義何若?”晏子對曰:“君子之大義,和調而不緣,溪盎而不苛,莊敬而不狡,和柔而不銓,刻廉而不劌,行精而不以明污,齊尚而不以遺罷,富貴不傲物,貧窮不易行,尊賢而不退不肖,此君子之大義也。”

叔向問傲世樂業能行道乎晏子對以狂惑也第二十五

叔向問晏子曰:“進不能事上,退不能爲家,傲世樂業,枯槁爲名,不疑其所守者,可謂能行其道乎?”晏子對曰:“嬰聞,

---

① “稱”,駢宇騫云:“明本‘稱’疑當爲‘積’字之訛。”
② “道”,原脱,據《二十二子》本、經訓堂本補。

古之能行道者，世可以正則正，①不可以正則曲。其正也，不失上下之倫；其曲也，不失仁義之理。道用，與世樂業；不用，有所依歸。不以傲上華世，不以枯槁爲名。故道者，世之所以治，而身之所以安也。今以不事上爲道，以不顧家爲行，以枯槁爲名，世行之則亂，身行之則危。且天之與地，而上下有衰矣。明王始立，而居國爲制矣，政教錯，而民行有倫矣。今以不事上爲道，及天地之衰矣；②以不顧家爲行，倍先聖之道矣；以枯槁爲名，則世塞政教之途矣。有明上，可以爲下；③遭亂世，不可以治亂。説若道，謂之惑；行若道，謂之狂。惑者狂者，木石之樸也，而道義未戴焉。”

叔向問人何若則榮晏子對以事君親忠孝第二十六

叔向問晏子曰：“何若則可謂榮矣？”晏子對曰：“事親孝，無悔往行；事君忠，無悔往辭。和於兄弟，信於朋友；不諂過，不責得。言不相坐，行不相反。在上治民，足以尊君；在下莅修，足以變人。身無所咎，行無所創：可謂榮矣。”

---

① “以正”，原誤倒，據《二十二子》本、經訓堂本乙正。“則正”之“正”，原脱，據《二十二子》本、經訓堂本補。

② “及”，《二十二子》本、經訓堂本作“反”。

③ “可以爲下”，王念孫云：“‘可以爲下’，上亦當有‘不’字。言此反天地之衰，倍先聖之道，塞政教之途者，有名上則足以危身，遭亂世則足以惑世，故曰‘有明上不可以爲下，遭亂世不可以治亂’。‘遭亂世不可以治亂’即上文所云‘世行之則亂也’，‘有明上不可以爲下’即上文所云‘身行之則危’也。今本脱去‘不’字，則義不可通。”

叔向問人何以則可保身晏子對以不要幸第二十七[1]

叔向問晏子曰："人何以則可謂保其身？"晏子對曰："《詩》曰：'既明且哲，以保其身，夙夜匪懈，以事一人。'不庶幾，不要幸，先其難乎而後幸，得之時其所也，失之非其罪也，可謂保其身矣。"

曾子問不諫上不顧民以成行義者晏子對以何以成也第二十八

曾子問晏子曰："古者嘗有上不諫上，下不顧民，退處山谷，以成行義者也？"晏子對曰："察其身，無能也，而托乎不欲諫上，謂之誕意也。上惛亂，德義不行，而邪辟朋黨，賢人不用，士亦不易其行，而從邪以求進。故有隱有不隱，其行法士也？乃夫議上，則不取也。夫上不諫上，下不顧民，退處山谷，嬰不識其何以爲成行義者也。"

梁丘據問子事三君不同心晏子對以一心可事百君第二十九

梁丘據問晏子曰："子事三君，君不同心，而子俱順焉，仁人固多心乎？"晏子對曰："嬰聞之，順愛不懈，可以使百姓；暴強不忠，不可以使一人。一心可以事百君，三心不可以事一

① "則"，原脱，據卷首目録及正文補。

君。”仲尼聞之曰：“小子識之！晏子以一心事百君者也。”

柏常騫問道無滅身無廢晏子對以養世君子第三十

柏常騫去周之齊，見晏子曰：“騫，周室之賤史也，不量其不肖，願事君子。敢問正道直行則不容于世，隱道危行則不忍，道亦無滅，身亦無廢者，何若？”晏子曰：“善哉！問事君乎。嬰聞之，執二法裾，則不取也；輕進苟合，則不信也；直易無諱，則速傷也；新始好利，則無敝也。且嬰聞養世之君子，從重不爲進，從輕不爲退，省行而不伐，讓利而不夸，陳物而勿專，見象而勿強，道不滅，身不廢矣。”

内篇雜上第五凡三十章

① “禍”,原作“難”,據卷内章題及正文改。
② “見信”,原倒作“信見”,據盧文弨校乙正。
③ “寢”,原脱,據卷内章題及正文補。
④ “止”,原誤作“正”,據卷内章題及正文改。

莊公不悦晏子晏子坐地訟公而歸第一

晏子臣於莊公，公不悦。飲酒，令召晏子。晏子至，入

---

① “酒”下原脱“公”字，據卷内章題及正文補。

② “壺”，原空闕，卷内章題同，據《二十二子》本、經訓堂本該章正文補。

③ “有”，原作“布”，蓋形近而訛，據該章正文及蘇輿校本改。

④ “乞”字於文義不合，據正文疑當作“遺”；“明”下原衍“道”字，據卷内章題及正文删。

⑤ “乃”，卷内標題作“廼”；“之”，原誤作“人”，據卷内章題改。

門,公令樂人奏歌,曰:“已哉已哉!寡人不能説也,爾何來爲?”晏子入坐,樂人三奏,然後知其謂己也。遂起,北面坐地。公曰:“夫子從席,曷爲坐地?”晏子對曰:“嬰聞訟夫坐地,今嬰將與君訟,敢毋坐地乎?嬰聞之,衆而無義,彊而無禮,好勇而惡賢者,禍必及其身,若公者之謂矣。且嬰言不用,願請身去。”遂趨而歸,管籥其家者納之公,財在外者斥之市。曰:“君子有力於民,則進爵禄,不辭貴富。無力于民而旅食,不惡貧賤。”遂徒行而東,耕於海濱。居數年,果有崔杼之難。

莊公不用晏子致邑而退後有崔氏之禍第二

晏子爲莊公臣,言大用,每朝賜爵益邑;俄而不用,每朝致邑與爵。爵邑盡,退朝而乘,喟然而嘆,終而笑。其僕曰:“何嘆笑相從數也?[①]”晏子曰:“吾嘆也,哀吾君不免於難;吾笑也,喜吾自得也,吾亦無死矣。”崔杼果弒莊公,晏子立崔杼之門,[②]從者曰:“死乎?”晏子曰:“獨吾君也乎哉,吾死也?”曰:“行乎?”曰:“獨吾罪也乎哉,吾亡也?”曰:“歸乎?”曰:“吾君死,安歸!君民者,豈以陵民?社稷是主;臣君者,豈爲其口實?社稷是養。故君爲社稷死,則死之;爲社稷亡,則亡之;若君爲己死而爲己亡,非其私暱,孰能任之?且人有君而弒之,吾焉得死之?而焉得亡之?將庸何歸!”門啓而入,崔

① “數”,駢宇騫云:“簡本、明本‘數’皆當讀爲‘速’,二字讀音相近,可通假。”

② 駢宇騫云:“明本‘立’下當脱一‘於’字,簡本、《左傳·襄公二十五年》‘立’下皆有‘於’字。”

子曰:"子何不死? 子何不死?"晏子曰:"禍始,吾不在也;禍終,吾不知也:吾何爲死? 且吾聞之,以亡爲行者,不足以存君;以死爲義者,不足以立功。嬰豈其婢子也哉? 其縊而從之也!"遂袒免,坐,枕君尸而哭,興,三踊而出。人謂崔子必殺之,崔子曰:"民之望也,舍之得民。"

崔慶劫齊將軍大夫盟晏子不與第三

崔杼既弑莊公而立景公,杼與慶封相之,劫諸將軍大夫及顯士庶人於大宫之坎上,令無得不盟者。爲壇三仞,埳其下,以甲千列環其内外,盟者皆脱劍而入。維晏子不肯,崔杼許之。有敢不盟者,戟拘其頸,劍承其心。令自盟曰:"不與崔、慶而與公室者,受其不祥。"言不疾,指不至血者死。所殺七人,次及晏子。晏子奉杯血,仰天嘆曰:"嗚呼! 崔子爲無道,而弑其君,不與公室而與崔、慶者,受此不祥。"俛而飲血。崔杼謂晏子曰:"子變子言,則齊國吾與子共之;子不變子言,戟既在脰,劍既在心,維子圖之也。"晏子曰:"劫吾以刃,而失其志,非勇也;回吾以利,而倍其君,非義也。崔子! 子獨不爲天討乎!《詩》云:'莫莫葛藟,施於條枚,愷悌君子,求福不回。'今嬰且可以回而求福乎? 曲刃鈎之,直兵推之,嬰不革矣。"崔杼將殺之,或曰:"不可。子以子之君無道而殺之,今其臣有道之士也,又從而殺之,不可以爲教矣。"崔子遂舍之。晏子曰:"若大夫爲大不仁,而爲小仁,焉有中乎!"趨出,授綏而乘。其僕將馳,晏子撫其手曰:"徐之! 疾不必生,徐不必死,鹿生於野,命縣於厨。嬰命有繫矣。"按之成節而後去。《詩》云:"彼己之子,舍命不渝。"晏子之謂也。

晏子再治阿而見信景公任以國政第四[1]

景公使晏子爲東阿宰，三年，毁聞於國。景公不説，召而免之。晏子謝曰："嬰知嬰之過矣，請復治阿，三年而譽必聞於國。"景公不忍，復使治阿。三年而譽聞於國。景公説，召而賞之。景公問其故，對曰："昔者嬰之治阿也，築蹊徑，急門閭之政，而淫民惡之；舉儉力孝弟，罰偷窳，而惰民惡之；決獄不避，貴強惡之；左右所求，法則予，非法則否，而左右惡之；事貴人體不過禮，而貴人惡之。是以三邪毁乎外，二讒毁于内，三年而毁聞乎君也。今臣謹更之，不築蹊徑，而緩門閭之政，而淫民説；不舉儉力孝弟，不罰偷窳，而惰民説；決獄阿貴強，而貴彊説；左右所求言諾，而左右説；事貴人體過禮，而貴人説。是以三邪譽乎外，二讒譽乎内，三年而譽聞于君也。昔者嬰之所以當誅者宜賞，今所以當賞者宜誅，是故不敢受。"景公知晏子賢，乃任以國政，三年而齊大興。

景公惡故人晏子退國亂復召晏子第五

景公與晏子立于曲潰之上，晏子稱曰："衣莫若新，人莫若故。"公曰："衣之新也，信善矣。人之故，相知情。"晏子歸，負載使人辭於公曰："嬰故老耄無能也，請毋服壯者之事。"公自治國，身弱於高、國，百姓大亂。公恐，復召晏子。諸侯忌其威，而高、國服其政，田疇墾辟，蠶桑豢牧之處不足，絲蠶於燕，牧馬于魯，共貢入朝。墨子聞之曰："晏子知道，景公知

---

① "見信"，原倒作"信見"，據盧文弨校乙正。

窮矣。”

齊饑晏子因路寢之役以振民第六

景公之時饑，晏子請爲民發粟，公不許，當爲路寢之臺。晏子令吏重其賃，遠其兆，徐其日而不趨。三年，臺成而民振。故上悅乎游，民足乎食。君子曰：“政則晏子欲發粟與民而已，若使不可得，則依物而偶於政。”

景公欲墮東門之堤晏子謂不可變古第七

景公登東門防，民單服然後上，公曰：“此大傷牛馬蹄矣，夫何不下六尺哉？”晏子對曰：“昔者吾先君桓公，明君也，而管仲賢相也。夫以賢相佐明君，而東門防全也。古者不爲，殆有爲也。蚤歲，溜水至，①入廣門，即下六尺耳，鄉者防下六尺，則無齊矣。夫古之重變古常，此之謂也。”

景公憐饑者晏子稱治國之本以長其意第八

景公游於壽宮，睹長年負薪者，而有饑色。公悲之，喟然嘆曰：“令吏養之！”晏子曰：“臣聞之，樂賢而哀不肖，守國之本也。今君愛老，而恩無所不逮，治國之本也。”公笑，有喜色。晏子曰：“聖王見賢以樂賢，見不肖以哀不肖。今請求老弱之不養、鰥寡之無室者，論而共秩焉。”公曰：“諾。”于是老

---

① “溜水”，盧文弨、俞樾謂當作“淄水”。

弱有養，鰥寡有室。

景公探雀鷇鷇弱反之晏子稱長幼以賀第九

景公探雀鷇，鷇弱，反之。晏子聞之，不待時而入見景公。公汗出惕然，晏子曰："君何爲者也？"公曰："吾探雀鷇，鷇弱，故反之。"晏子逡巡，北面再拜而賀曰："吾君有聖王之道矣！"公曰："寡人探雀鷇，鷇弱，故反之，其當聖王之道者何也？①"晏子對曰："君探雀鷇，鷇弱，反之，是長幼也。吾君仁愛，曾禽獸之加焉，而況于人乎！此聖王之道也。"

景公睹乞兒於途晏子諷公使養第十

景公睹嬰兒有乞於途者，公曰："是無歸夫！"晏子對曰："君存，何爲無歸？使吏養，②可立而以聞。"

景公慚刖跪之辱不朝晏子稱直請賞之第十一

景公正晝被髪，乘六馬，御婦人以出正閨。刖跪擊其馬而反之，曰："爾非吾君也。"公慚而不朝。晏子睹裔款而問曰："君何故不朝？"對曰："昔者君正晝被髪，乘六馬，御婦人以出正閨，刖跪擊其馬而反之，曰：'爾非吾君也。'公慚而反，不果出，③是以不朝。"晏子入見。景公曰："昔者寡人有罪，

---

① "王"，原作"人"，據《二十二子》本、經訓堂本改。
② "養"下，《二十二子》本、經訓堂本有"之"字。
③ "反不果出"，原誤作"出反不果"，據《二十二子》本、經訓堂本改。

被髮,乘六馬,以出正閨,刖跪擊馬而反之,曰:'爾非吾君也。'寡人以天子大夫之賜,[①]得百姓以守宗廟,[②]今見戮於刖跪,以辱社稷,吾猶可以齊于諸侯乎?"晏子對曰:"君勿惡焉!臣聞,下無直辭,上有隱君;民多諱曰,[③]君有驕行。古者明君在上,下多直辭;君上好善,民無諱言。今君有失行,刖跪直辭禁之,是君之福也,故臣來慶。請賞之,以明君之好善;禮之,以明君之受諫。"公笑曰:"可乎?"晏子曰:"可。"於是令刖跪倍資無征,時朝無事也。

景公夜從晏子飲晏子稱不敢與第十二

景公飲酒,夜移于晏子,前驅款門曰:"君至!"晏子被玄端,立于門曰:"諸侯得微有故乎?國家得微有事乎?君何爲非時而夜辱?"公曰:"酒醴之味,金石之聲,願與夫子樂之。"晏子對曰:"夫布薦席,陳簠簋者,有人,臣不敢與焉。"公曰:"移于司馬穰苴之家。"前驅款門曰:"君至!"穰苴介冑操戟立于門,曰:"諸侯得微有兵乎?大臣得微有叛者乎?君何爲非時而夜辱?"公曰:"酒醴之味,金石之聲,願與將軍樂之。"穰苴對曰:"夫布薦席,陳簠簋者,有人,臣不敢與焉。"公曰:"移於梁丘據之家。"前驅款門曰:"君至!"梁丘據左操瑟,右挈

---

① "天子大夫",王念孫云:"'天'字後人所加。'以子大夫之賜得率百姓以守宗廟',猶宋穆公言'若以大夫之靈,得保首領以没'也。後人不解古書文義,乃妄加一'天'字,'天子''大夫'并稱,斯爲不倫矣。……《群書治要》正作'子大夫'。"

② "得"下,《二十二子》本、經訓堂本有"率"字。

③ "曰",《二十二子》本、經訓堂本作"言"。

竽,行歌而出。[1] 公曰:“樂哉,今夕吾飲也!微彼二子者,何以治吾國?微此一臣者,何以樂吾身?”君子曰:“聖賢之君,皆有益友,無偷樂之臣,景公弗能及,故兩用之,僅得不亡。”

景公使進食與裘晏子對以社稷臣第十三

晏子侍于景公,朝寒,公曰:“請進暖食。”晏子對曰:“嬰非君奉餽之臣也,敢辭。”公曰:“請進服裘。”對曰:“嬰非君茵席之臣也,敢辭。”公曰:“然夫子之於寡人,何爲者也?”對曰:“嬰,社稷之臣也。”公曰:“何謂社稷之臣?”對曰:“夫社稷之臣,能立社稷,别上下之義,使當其理;制百官之序,使得其宜;作爲辭令,可分布于四方。”自是之後,君不以禮不見晏子。

晏子飲景公止家老斂欲與民共樂第十四

晏子飲景公酒,令器必新。家老曰:“財不足,請斂於氓。”晏子曰:“止。夫樂者,上下同之。故天子與天下,諸侯與境内,匹夫以下各與其僚,[2]無有獨樂。今上樂,[3]下傷其費,是獨樂者也,[4]不可!”

---

① “出”,原誤作“去”,據《二十二子》本、經訓堂本改。
② “匹夫”,《二十二子》本、經訓堂本作“大夫”。
③ “上樂”下,《二十二子》本、經訓堂本有“其樂”二字。
④ “者”,原誤作“音”,據《二十二子》本、經訓堂本改。

晏子飲景公酒公呼具火晏子稱詩以辭第十五

晏子飲景公酒，日暮，公呼具火，晏子辭曰："《詩》云'側弁之俄'，言失德也；'屢舞傞傞'，言失容也。'既醉以酒，既飽以德，既醉而出，並受其福'，賓主之禮也。'醉而不出，是謂伐德'，賓之罪也。① 嬰已卜其日，未卜其夜。'"公曰："善。"舉酒祭之，再拜而出。曰："豈過我哉，吾托國于晏子也。以其家貨養寡人，不欲其淫侈也，而況與寡人謀國乎！"

晉欲攻齊使人往觀晏子以禮侍而折其謀第十六

晉平公欲伐齊，使范昭往觀焉。景公觴之，飲酒酣，范昭曰："請君之棄樽。"公曰："酌寡人之樽，進之於客。"范昭已飲，晏子曰："徹樽，②更之。"樽觶具矣，范昭佯醉，不悦而起舞，謂太師曰："能爲我調成周之樂乎？吾爲子舞之。"太師曰："冥臣不習。"范昭趨而出。景公謂晏子曰："晉，大國也，使人來將觀吾政。今子怒大國之使者，將奈何？"晏子曰："夫范昭之爲人也，非陋而不知禮也，且欲試吾君，臣故絶之也。"景公謂太師曰："子何以不爲客調成周之樂乎？"③太師對曰："夫成周之樂，天子之樂也。調之，必人主舞之。今范昭人臣，欲舞天子之樂，臣故不爲也。"范昭歸，以報平公曰："齊未可伐也。臣欲試其君，而晏子識之；臣欲犯其禮，而太師知

---

① "賓之罪也"，俞樾據《説苑》以爲當作"賓主之罪也"。

② "公曰"至"徹樽"二十字，原無，此據《二十二子》本、經訓堂本補。

③ "謂"，原作"爲"，據《二十二子》本、經訓堂本改。"師曰子"，原誤作"師子曰"，據《二十二子》本、經訓堂本改。

之。”仲尼聞之,曰:[①]“夫不出於尊俎之間,而知千里之外,其晏子之謂也。可謂折衝矣!而太師其與焉。”

景公問東門無澤年穀而對以冰晏子請罷伐魯第十七

景公伐魯,傅許,[②]得東門無澤,公問焉:“魯之年穀何如?”對:[③]“陰水厥,陽冰厚五寸。[④]”不知,以告晏子。晏子對曰:“君子也。問年穀而對以冰,禮也。陰水厥,陽冰厚五寸者,寒温節,節則刑政平,平則上下和,和則年穀熟。年充衆和而伐之,臣恐罷民弊兵,不成君之意。請禮魯以息吾怨,遣其執以明吾德。”公曰:“善。”乃不伐魯。[⑤]

景公使晏子予魯地而魯使不盡受第十八

景公予魯君地,山陰數百社,使晏子致之。魯使子叔昭伯受地,不盡受也。晏子曰:“寡君獻地,忠廉也,曷爲不盡受?”子叔昭伯曰:“臣受命於君曰:‘諸侯相見,交讓,爭處其卑,禮之文也;交委多,爭受少,行之實也。禮成文于前,行成章於後,交之所以長久也。’且吾聞君子不盡人之歡,不竭人

① “之曰”,原無,據《二十二子》本、經訓堂本補。

② “傅”,原作“傳”,蓋形近而訛,據《二十二子》本、經訓堂本改。

③ “對”下,《二十二子》本、經訓堂本有“曰”字。

④ “陰水”二句,王念孫云:“此文本作‘陰冰凝(句),陽冰厚五寸’。陰冰者,不見日之冰也;陽冰者,見日之冰也。言不見日之冰皆凝,見日之冰則但厚五寸也。《文選》注及《御覽》皆作‘陰冰凝’,自是舊本如此。今本作‘陰水厥’,誤也。”

⑤ “伐”,原脱,據《二十二子》本、經訓堂本補。

之忠,吾是以不盡受也。”晏子歸報公。公喜,笑曰:“魯君猶若是乎。”晏子曰:“臣聞大國貪于名,小國貪于實,此諸侯之公患也。[①] 今魯處卑而不貪乎尊,辭實而不貪乎多,行廉不爲苟得,道義不爲苟合,不盡人之歡,不竭人之忠,以全其交,君之道義,殊于世欲,國免於公患。”公曰:“寡人説魯君,故予之地,今行果若此,吾將使人賀之。”晏子曰:“不! 君以驩予之地,而賀其辭,則交不親,而地不爲德矣。”公曰:“善。”於是重魯之幣,毋比諸侯,厚其禮,毋比賓客。[②] 君子於魯,而後明行廉辭地之可爲重名也。

景公游紀得金壺中書晏子因以諷之第十九[③]

公游於紀,[④]得金壺,發其視之,[⑤]中有丹書,曰:“食魚無反,勿乘駑馬。”公曰:“善哉,知若言! 食魚無反,則惡其鱢也;勿乘駑馬,惡其取道不遠也。”晏子對曰:“不然。食魚無反,毋盡民力乎! 勿乘駑馬,則無置不肖於側乎!”公曰:“紀有書,何以亡也?”晏子對曰:“有以亡也。嬰聞之,君子有道,懸之閭。紀有此言,注之壺,不亡何待乎!”

---

① “公患”,《二十二子》本、經訓堂本作“通患”。

② “比”,原誤作“北”,據上文及《二十二子》本、經訓堂本改。

③ “壺”,原空闕,正文中同,均據《二十二子》本、經訓堂本補。

④ “公”上,《二十二子》本、經訓堂本有“景”字。

⑤ “發其視之”,《二十二子》本、經訓堂本“發”上有“乃”字,“發”下無“其”字。王念孫則云:“‘發其視之’本作‘發而視之’,今本‘而’作‘其’則文不成義。《太平御覽》器物部六、獸部八、《玉海》十四引此並作‘發而視之’。(一本作‘乃發視之’,亦後人以意改。)”

景公賢魯昭公去國而自悔晏子謂無及已第二十

魯昭公棄國走齊，齊公問焉，曰："君何年之少，而棄國之蚤？奚道至於此乎？"昭公對曰："吾少之時，人多愛我者，吾體不能親；人多諫我者，吾志不能用；是則内無拂而外無輔，[1]輔拂無一人，諂諛我者甚衆。譬之猶秋蓬也，孤其根而美枝葉，秋風一至，根且拔矣。"景公辯其言，以語晏子曰："使是人反其國，豈不爲古之賢君乎？"晏子對曰："不然。夫愚者多悔，不肖者自賢，溺者不問墜，迷者不問路。溺而後問墜，迷而後問路，譬之猶臨難而遽鑄兵，噎而遽掘井，雖速亦無及已。"

晏子使魯有事已仲尼以爲知禮第二十一[2]

晏子使魯，仲尼命門子弟往觀。[3] 子貢反，報曰："孰謂晏子習于禮乎？[4] 夫禮曰：'登階不歷，堂上不趨，授玉不跪。'今晏子皆反此，謂晏子習于禮者？[5]"晏子既已有事于魯君，退見仲尼。仲尼曰："夫禮，登階不歷，堂上不趨，授玉不跪。夫子反此乎？"晏子曰："嬰聞兩楹之間，君臣有位焉。君行其一，臣行其二。君之來遬，是以登階歷、堂上趨以及位也。君授玉卑，故跪以下之。且吾聞之，大者不逾閑，小者出

---

① "是"，《二十二子》本、經訓堂本作"好"。
② "有"，原作"布"，蓋形近而訛，據正文及蘇輿校本改。
③ "子弟"，《二十二子》本、經訓堂本作"弟子"。
④ "晏子"下原復有一"子"字，據《二十二子》本、經訓堂本删。
⑤ "謂"上，《二十二子》本、經訓堂本有"孰"字。

入可也。"晏子出,仲尼送之以賓客之禮,不計之義,①維晏子爲能行之。

晏子之魯進食有豚亡二肩不求其人第二十二

晏子之魯,朝食進餽膳,有豚焉。晏子曰:"去其二肩。"晝者進膳,則豚肩不具。侍者曰:"膳豚肩亡。"晏子曰:"釋之矣。"侍者曰:"我能得其人。"晏子曰:"止。吾聞之,量功而不量力,則民盡;藏餘不分,則民盜。子教我所以改之,無教我求其人也。"

曾子將行晏子送之而贈以善言第二十三

曾子將行,晏子送之曰:"君子贈人以軒,不若以言。吾請以言之,②以軒乎?"曾子曰:"請以言。"晏子曰:"今夫車輪,山之直木也,良匠揉之,③其圓中規,雖有槁暴,不復嬴矣,故君子慎隱揉。和氏之璧,井里之困也,良工修之,則爲存國之寶,故君子慎所修。今夫蘭本,三年而成,湛之苦酒,則君子不近,庶人不佩;湛之麋醢,而賈匹馬矣。非蘭本美也,所湛然也。願子之必求所湛。嬰聞之,君子居必擇居,④

---

① "不計之義",王念孫云:"'不計之義',《初學記·文部》引作'不法之禮',上有'反(句)命門弟子曰'六字。然則'不計之義'二句乃孔子命門弟子之語,今脱去上六字,則不知爲何人語矣。"

② "以言之",盧文弨、蘇輿謂當作"以言乎"。

③ "揉",《二十二子》本、經訓堂本均作"煣"。下一"揉"字同。

④ "擇居",《二十二子》本、經訓堂本作"擇鄰"。

游必就士。擇居所以求士，求士所以辟患也。嬰聞汩常移質，習俗移性，不可不慎也。”

晏子之晋睹齊纍越石父解左驂贖之與歸第二十四

晏子之晋，至中牟，睹弊冠反裘負芻息於塗側者，以爲君子也，使人問焉。曰：“子何爲者也？”對曰：“我越石父者也。”晏子曰：“何爲至此？”曰：“吾爲人臣，僕於中牟，見使將歸。”晏子曰：“何爲之僕？”對曰：“不免凍餓之切吾身，是以爲僕也。”晏子曰：“爲僕幾何？”對曰：“三年矣。”晏子曰：“可得贖乎？”對曰：“可。”遂解左驂以贈之，因載而與之俱歸。至舍，不辭而入，越石父怒而請絶，晏子使人應之曰：“吾未嘗得交夫子也，子爲僕三年，吾乃今日睹而贖之，吾於子尚未可乎，子何絶我之暴也？”越石父對之曰：“臣聞之，士者詘乎不知己，而申乎知己，故君子不以功輕人之身，不爲彼功詘身之理。吾三年爲人臣僕，而莫吾知也。今子贖我，吾以子爲知我矣；嚮者子乘，不我辭也，吾以子爲忘；今又不辭而入，是與臣我者同矣。我猶且爲臣，請鬻於世。”晏子出見之，曰：“嚮者見客之容，而今也見客之意。嬰聞之，省行者不引其過，察實者不譏其辭，嬰可以辭而無棄乎！嬰誠革之。”乃令糞灑改席，尊醮而禮之。① 越石父曰：“吾聞之，至恭不修途，尊禮不受擯。夫子禮之，僕不敢當也。”晏子遂以爲上客。君子曰：“俗人之有功則德，德則驕。晏子有功，免人于厄，而反詘下

① “醮”，《二十二子》本、經訓堂本作“醮”。

之，其去俗亦遠矣。此全功之道也。”

晏子之御感妻言而自抑損晏子薦以爲大夫第二十五①

晏子爲齊相，出，其御之妻從門間而窺，其夫爲相御，擁大蓋，策駟馬，意氣揚揚，甚自得也。既而歸，其妻請去。夫問其故，妻曰：“晏子長不滿六尺，身相齊國，名顯諸侯。今者妾觀其出，志念深矣，常有以自下者。今子長八尺，乃爲人僕御，然子之意，自以爲足。妾是以求去也。”其後，夫自抑損。晏子怪而問之，御以實對。晏子薦以爲大夫。

泯子午見晏子晏子恨不盡其意第二十六

燕之游士有泯子午者，南見晏子於齊。言有文章，術有條理，巨可以補國，細可以益晏子者，三百篇。睹晏子，恐慎而不能言。晏子假之以悲色，開之以禮顏，然後能盡其復也。客退，晏子直席而坐，廢朝移時。在側者曰：“嚮者燕客侍，夫子胡爲憂也？”晏子曰：“燕，萬乘之國也；齊，千里之塗也。泯子午以萬乘之國爲不足說，以千里之塗爲不足遠，則是千萬人之上也。且猶不能殫其言於我，況乎齊人之懷善而死者乎！吾所以不得睹者，豈不多矣！然吾失此，何之有也！”

---

① “爲”，原脱，據卷首目録及正文補。

晏子乞北郭騷米以養母騷殺身以明晏子之賢第二十七①

齊有北郭騷者，結罘罔，②捆蒲葦，織履，以養其母，猶不足。踵門見晏子曰："竊説先生之義，願乞所以養母者。"晏子使人分倉粟府金而遺之，辭金受粟。有間，晏子見疑于景公，出奔，過北郭騷之門而辭。北郭騷沐浴而見晏子，曰："夫子將焉適？"晏子曰："見疑于齊君，將出奔。"北郭騷曰："夫子勉之矣。"晏子上車，太息而嘆曰："嬰之亡，豈不宜哉！亦不知士甚矣。"晏子行，北子召其友而告之曰：③"吾説晏子之義，而嘗乞所以養母者焉。吾聞之，養其親者身伉其難。今晏子見疑，吾將以身死白之。"著衣冠，令其友操劍，奉而從，造于君庭，求復者曰："晏子，天下之賢者也；今去齊國，齊必侵矣。方見國之必侵，不若死，請以頭托白晏子也。"因謂其友曰："盛吾頭于笥中，奉以托。"退而自刎。④其友因奉托而謂復者曰："此北郭子爲國故死，吾將爲北郭子死。"又退而又刎。⑤景公聞之，大駭，乘馹而自追晏子，及之國郊，請而反之。晏子不得已而反，聞北郭子之以死白己也，大息而嘆曰："嬰之亡，豈不宜哉，亦愈不知士甚矣。"

---

① "乞"字於文義不合，疑當作"遺"。
② "罘"，原作"果"，蓋形近而訛，據《二十二子》本、經訓堂本改。
③ "北子"，《二十二子》本、經訓堂本作"北郭子"。
④ "托退"，原倒作"退托"，據《二十二子》本、經訓堂本乙正。
⑤ "又刎"，《二十二子》本、經訓堂本作"自刎"。

景公欲見高糾晏子辭以禄仕之臣第二十八

景公謂晏子曰:“吾聞高糾與夫子游,寡人請見之。”晏子對曰:“臣聞之,爲地戰者,不能成其王;爲禄仕者,不能正其君。高糾與嬰爲兄弟久矣,未嘗干嬰之行,特禄仕之臣也,[1]何足以補君乎!”

高糾治晏子家不得其俗乃逐之第二十九

高糾事晏子而見逐。高糾曰:“臣事夫子三年,無得,而卒見逐,其説何也?”晏子曰:“嬰之家俗有三,而子無一焉。”糾曰:“可得聞乎?”晏子曰:“嬰之家俗,間處從容不談議,則疏;出不相揚美,入不相削行,則不與;通國事無論,驕士慢知者,則不朝也。此三者,嬰之家俗,今子是無一焉。故嬰非特食餽之長也,是以辭。”

晏子居喪遜畣家老仲尼善之第三十

晏子居晏桓子之喪,粗衰,斬,苴絰帶,杖,管屨,[2]食粥,居倚廬,寢苫,枕草。其家老曰:“非大夫喪父之禮也。”晏子曰:“唯卿爲大夫。”曾子以聞孔子。孔子曰:“晏子可謂能遠害矣。不以己之是駁人之非,遜辭以避咎,義也夫。”

---

① “仕”,《二十二子》本、經訓堂本無此字。
② “管”,《二十二子》本、經訓堂本作“菅”。

内篇雜下第六凡三十章

---

① “以”,原脱,據卷内章題補。
② “夢”,卷内章題作“瞢”。
③ “晏子使吴”,原誤作“景公使吴”,據卷内章題及正文改。
④ “車”,原誤作“事”,據卷内章題改;“田”,原誤作“陳”,據卷内章題及正文改;“浮”下,卷内章題有“之”字。

子尾疑晏子不受慶氏之邑晏子謂足欲則亡第十五

景公祿晏子平陰與槀邑晏子願行三言以辭第十六①

梁丘據言晏子食肉不足景公割地將封晏子辭第十七

景公以晏子食不足致千金而晏子固不受第十八

景公以晏子衣食弊薄使田無宇致封邑晏子辭第十九②

田桓子疑晏子何以辭邑晏子答以君子之事也第二十③

景公欲更晏子宅晏子辭以近市得所求諷公省刑第二十一④

景公毁晏子鄰以益其宅晏子因陳桓子以辭第二十二

景公欲爲晏子築室於宫内晏子稱是以遠之而辭第二十三

景公以晏子妻老且惡欲内愛女晏子再拜以辭第二十四⑤

景公以晏子乘弊車駑馬使梁丘據遺之三返不受第二十五

景公睹晏子之食菲薄而嗟其貧晏子稱有參士之食第二十六⑥

梁丘據自患不及晏子晏子勉據以常爲常行第二十七⑦

晏子老辭邑景公不許致車一乘而後止二十八

---

① "平陰",原作"平因",據卷内章題及正文改;"行",原作"計",據卷内章題及正文改。

② "辭"上,原脱"晏子"二字,據卷内章題及正文補。

③ "疑晏子","晏"原誤作"景",據卷内章題及正文改。

④ "省",原誤作"自",據卷内章題及正文改。

⑤ "内",卷内章題作"納"。

⑥ "有",原誤作"其",據卷内章題及正文改。

⑦ "行",原误作"計",據卷内章題及正文改。

靈公禁婦人爲丈夫飾不止晏子請先内勿服第一

靈公好婦人而丈夫飾者，國人盡服之。公使史禁之，曰："女子而男子飾者，裂其衣，斷其帶。"裂衣斷帶相望，而不止。晏子見，公問曰："寡人使史禁女子而男子飾，①裂斷其衣帶相望而不止者，何也？"晏子對曰："君使服之於内，而禁之於外，猶懸牛首于門，而賣馬肉於内也。公何以不使内勿服，則外莫敢爲也。"公曰："善。"使内勿服。不逾月，而國人莫之服。②

齊人好轂擊晏子紿以不祥而禁之第二

齊人甚好轂擊，相犯以爲樂，禁之不止。晏子患之，乃爲新車良馬，出與人相犯也，曰："轂擊者不祥，臣其祭祀不順，居處不敬乎？"下車而棄去之，然後國人乃不爲。故曰："禁之以制，而身不先行，民不能止。故化其心，莫若教也。"

景公夢五丈夫稱無辜晏子知其冤第三

景公畋於梧丘，夜猶早，公姑坐睡，而夢有五丈夫北面韋

---

① "公使史"至"男子飾"，二"史"字，《二十二子》本、經訓堂本均作"吏"。
② "不"、"人"，原脱，據盧文弨、王念孫校補。

廬，稱無罪焉。公覺，召晏子而告其所夢。公曰："我其嘗殺不辜，誅無罪耶？"晏子對曰："昔者先君靈公畋，五丈夫罟而駭獸，故殺之，斷其頭而葬之。命曰'五丈夫之丘'，此其地耶？"公令人掘而求之，則五頭同穴而存焉。公曰："嘻！"令吏葬之。國人不知其夢也，曰："君憫白骨，而況於生者乎，不遺餘力矣，不釋餘知矣。"故曰：君子之爲善易矣。

柏常騫禳梟死將爲景公請壽晏子識其妄第四

景公爲路寢之臺，成，而不踊焉。柏常騫曰："君爲臺甚急，臺成，君何爲而不踊焉？"公曰："然。有梟昔者鳴，聲無不爲也，[①]吾惡之甚，是以不踊焉。"柏常騫曰："臣請禳而去。[②]"公曰："何具？"對曰："築新室，爲置白茅。"公使爲室，成，置白茅焉。柏常騫夜用事。明日，問公曰："今昔聞鴞聲乎？"公曰："一鳴而不復聞。"使人往視之，鴞當陛，布翌，[③]伏地而死。公曰："子之道若此其明，亦能益寡人之壽乎？"對曰："能。"公曰："能益幾何？"對曰："天子九，諸侯七，大夫五。"公曰："子亦有徵兆之見乎？"對曰："得壽，地且動。"公喜，令百官趣具騫之所求。柏常騫出，遭晏子于塗，拜馬前。辭騫曰：[④]"爲禳君鴞而殺之，君謂騫曰：'子之道若此其明也，亦能益寡人之壽乎？'騫曰：'能。'今且大祭，爲君請壽，故將往，

① 駢宇騫云："《説苑》引'聲'上有'其'字。"
② "去"下，簡本有"之"字。
③ "翌"，《説苑》所引與簡本皆作"翼"，駢宇騫云："二字古音相同，可通假。"
④ "辭騫"，《二十二子》本、經訓堂本皆作"騫辭"，簡本駢宇騫校語，"辭騫曰"當作"騫辭曰"。

以問。[1]”晏子曰：“嘻！亦善能爲君請壽也。雖然，吾聞之，維以政與德而順乎神，爲可以益壽，今徒祭，可以益壽乎？然則福兆有見乎？”對曰：“得壽，地將動。”晏子曰：“騫！昔吾見維星絶，樞星散，地其動，汝以是乎？”柏常騫俯有間，仰而對曰：“然。”晏子曰：“爲之無益，不爲無損也。汝薄斂，毋費民，且無令君知之。[2]”

景公成柏寢而師開言室夕晏子辨其所以然第五[3]

景公新成柏寢之室，[4]使師開鼓琴，師開左撫宫，右彈商，[5]曰：“室夕。”公曰：“何以知之？”師開對曰：“東方之聲薄，西方之聲揚。”公召大匠曰：“室何爲夕？”大匠曰：“立室以宫矩爲之。”於是召司空曰：“立宫何爲夕？”司空曰：“立宫以城矩爲之。”明日，晏子朝公，[6]公曰：“先君太公以營丘之封立城，曷爲夕？”晏子對曰：“古之立國者，南望南斗，北戴樞星，彼安有朝夕哉！然而以今之夕者，周之建國，國之西方，以尊周也。”公蹵然曰：“古之臣乎！”

---

① “問”，簡本作“聞”。

② “柏常騫俯”至“君知之”，簡本作“柏常騫付有間合曰然晏子曰爲□□□弗爲損年數爲之而毋求財官”。“仰”，原作“抑”，“汝薄斂”，原作“汝薄柏”，均據《二十二子》本、經訓堂本改。駢宇騫云：“簡本‘爲’下殘缺三字疑當爲‘之無益’，若無誤，則簡本‘爲之無益，弗爲損年’與明本‘爲之無益，不爲無損’意正相反。簡本‘毋求財官’，意謂告誡柏常騫不要以此事來請求賞賜財物與官職。”

③ “柏”，原作“賦”，據卷首目録及正文改。

④ “室”，《二十二子》本、經訓堂本作“臺”。

⑤ “商”，原作“啇”，據《二十二子》本、經訓堂本改。

⑥ “晏子朝公”，原作“子朝晏公”，據《二十二子》本、經訓堂本改。

景公病水瞢與日鬥晏子教占夢者以對第六

景公病水,卧十數日,夜瞢與二日鬥,不勝。晏子朝,公曰:"夕者夢與二日鬥,而寡人不勝,我其死乎?"晏子對曰:"請召占夢者。"出於閨,使人以車迎占夢者。至,曰:"曷爲見召?"晏子曰:"夜者公夢二日與公鬥,不勝。公曰:'寡人死乎?'故請君占夢,是所爲也。"占夢者曰:"請反其書。①"晏子曰:"毋反書。公所病者,陰也,日者,陽也。一陰不勝二陽,故病將已。以是對。"占夢者入,公曰:"寡人瞢與二日鬥而不勝,寡人死乎?"占夢者對曰:"公之所病,陰也,日者,陽也。一陰不勝二陽,公病將已。"居三日,公病大愈,公且賜占夢者。占夢者曰:"此非臣之力,晏子教臣也。"公召晏子,且賜之。晏子曰:"占夢者以臣之言對,②故有益也。使臣言之,則不信矣。此占夢之力也。臣無功焉。"公兩賜之,曰:"以晏子不奪人之功,以占夢者不蔽人之能。"

景公病瘍晏子撫而對之乃知群臣之野第七

景公病疽在背,高子、國子請,公曰:"職當撫瘍。"高子進而撫瘍,公曰:"熱乎?"曰:"熱。""熱何如?"曰:"如火。""其色何如?"曰:"如未熟李。""大小何如?"曰:"如豆。""墮者何如?"曰:"如屨辨。③"二子者出,晏子請見。公曰:"寡人有

① "其",《二十二子》本、經訓堂本作"具"。
② "者",原脱,據《二十二子》本、經訓堂本補;"臣",《二十二子》本、經訓堂本作"占"。
③ "辨",《二十二子》本、經訓堂本作"辨"。

病，不能勝衣冠以出見夫子，夫子其辱視寡人乎？”晏子入，呼宰人具盥，御者具巾，刷手温之，發席傅薦，①跪請撫瘍。公曰：“其熱何如？”曰：“如日。”“其色何如？”曰：“如蒼玉。”“大小何如？”曰：“如璧。”“其墮者何如？”曰：“如珪。”晏子出，公曰：“吾不見君子，不知野人之掘也。②”

晏子使吴吴王命儐者稱天子晏子詳惑第八

晏子使吴，吴王謂行人曰：“吾聞晏嬰，蓋北方辯于辭、習于禮者也。”命儐者曰：“客見，則稱天子請見。”明日，晏子有事，行人曰：“天子請見。”晏子蹵然。行人又曰：“天子請見。”晏子蹵然。③ 又曰：“天子請見。”晏子蹵然者三。曰：“臣受命弊邑之君，將使於吴王之所，以不敏而迷惑，入於天子之朝。敢問吴王惡乎存？”然後吴王曰：“夫差請見。”見之以諸侯之禮。

晏子使楚楚爲小門晏子稱使狗國者入狗門第九

晏子使楚，以晏子短，楚人爲小門于大門之側而延晏子。晏子不入，曰：“使狗國者，從狗門入；今臣使楚，不當從此門入。”儐者更道從大門入，見楚王。王曰：“齊無人耶？”晏子對曰：“臨淄三百閭，④張袂成陰，揮汗成雨，比肩繼踵而在，何

---

① “傅”，《二十二子》本、經訓堂本作“傅”。
② “掘”，《二十二子》本、經訓堂本作“拙”。
③ “蹵”，《二十二子》本、經訓堂本作“蹵”。下一“蹵”字同。
④ “淄”，原誤作“溜”，據《二十二子》本、經訓堂本改。

爲無人?"王曰:"然則子何爲使乎?"晏子對曰:"齊命使,各有所主,其賢者使使賢王,不肖者使使不肖王。嬰最不肖,故直使楚矣。"

楚王欲辱晏子指盜者爲齊人晏子對以橘第十

晏子將至楚,①楚聞之,謂左右曰:"晏嬰,齊之習辭者也,今方來,吾欲辱之,何以也?"左右對曰:"爲其來也,臣請縛一人,過王而行,王曰:②'何爲者也?'對曰:'齊人也。'王曰:'何坐?'曰:'坐盜。'"晏子至,楚王賜晏子酒,酒酣,吏二縛一人詣王。王曰:"縛者曷爲者也?"對曰:"齊人也,坐盜。"王視晏子曰:"齊人固善盜乎?"晏子避席對曰:"嬰聞之,橘生淮南則爲橘,生于淮北則爲枳,葉徒相似,其實味不同。所以然者何? 水土異也。今民生長於齊不盜,入楚則盜,得無楚之水土使民善盜耶?"王笑曰:"聖人非所與熙也,寡人反取病焉。"

楚王饗晏子進橘置削晏子不剖而食第十一

景公使晏子於楚,楚王進橘,置削,晏子不剖而並食之。楚王曰:③"當去剖。"晏子對曰:"臣聞之,賜人主之前者,瓜桃不削,橘柚不剖。今者萬乘無教令,④臣故不敢剖;不然,

---

① "至",原脱,據《二十二子》本、經訓堂本補。
② "曰",原誤作"者",據《二十二子》本、經訓堂本改。
③ "楚王曰","楚"下原衍一"橘"字,據《二十二子》本、經訓堂本删。
④ "教令",原誤作"教今",據《二十二子》本、經訓堂本改。

臣非不知也。”

晏子布衣棧車而朝田桓子侍景公飲酒請浮之第十二

景公飲酒，田桓子侍，望見晏子，而復於公曰：“請浮晏子。”公曰：“何故也？”無宇對曰：“晏子衣緇布之衣，麋鹿之裘，棧軫之車而駕駑馬以朝，是隱君之賜也。”公曰：“諾。”晏子坐，酌者奉觴進之，曰：“君命浮子。”晏子曰：“何故也？”田桓子曰：“君賜之卿位以尊其身，寵之百萬以富其家，群臣其爵莫尊于子，禄莫重於子。今子衣緇布之衣，麋鹿之裘，棧軫之車而駕駑馬以朝，是則隱君之賜也。故浮子。”晏子避席曰：“請飲而後辭乎，其辭而後飲乎？”公曰：“辭然後飲。”晏子曰：“君之賜卿位以尊其身，嬰非敢爲顯受也，爲行君令也；寵以百萬以富其家，嬰非敢爲富受也，爲通君賜也。臣聞古之賢君，①有受厚賜而不顧其困族，②則過之；臨事守職，不勝其任，則過之。君之内隸，臣之父兄，若有離散，在於野鄙，此臣之罪也。君之外隸，③臣之所職，若有播之，④在于四方，此臣之罪也。兵革之不完，戰車之不修，此臣之罪也。若夫弊車駑馬以朝，意者非臣之罪乎。且臣以君之賜，父之黨無不乘車者，母之黨無不足于衣食者，妻之黨無凍餒者，國之閒士待臣而後舉火者數百家。如此者，爲彰君賜乎，爲隱君賜乎？”

---

① “君”，《二十二子》本、經訓堂本作“臣”。
② “困”，《二十二子》本、經訓堂本作“國”。
③ “外”，原作“内”，據《二十二子》本、經訓堂本改。
④ “之”，《二十二子》本、經訓堂本作“亡”。

公曰:“善。爲我浮無宇也。”

田無宇請求四方之學士晏子謂君子難得第十三

田桓子見晏子獨立於牆陰,曰:“子何爲獨立而不憂?何不求四鄉之學士可者而與坐?”晏子曰:“共立似君子,出言而非也。嬰惡得學士之可者而與之坐?且君子之難得也,若美山然。名山既多矣,松柏既茂矣,望之相相然,盡目力不知厭,而世有所美焉,固欲登彼相相之上,仡仡然不知厭。小人者與此異,若部婁之未登,善,登之無蹊,維有楚棘而已。遠望無見也,俛就則傷要,惡能無獨立焉?且人何憂,靜處遠慮,見歲若月,學問不厭,不知老之將至,安用從酒!”田桓子曰:“何謂從酒?”晏子曰:“無客而飲,謂之從酒。今若子者,晝夜守尊,謂之從酒也。”

田無宇勝欒氏高氏欲分其家晏子使致之公第十四

欒氏、高氏欲逐田氏、鮑氏。田氏、鮑氏先知而遂攻之。高彊曰:“先得君,田、鮑安往?”遂攻虎門。① 二家召晏子,晏子無所從也。從者曰:“何爲不助田、鮑?”晏子曰:“何善焉其助之也?”“何爲不助欒、高?”曰:“庸愈於彼乎?”門開,公召而入。欒、高不勝而出,田桓子欲分其家,以告晏子。晏子曰:“不可!君不能飭法,而群臣專制,亂之本也。今又欲分其

① “攻”,原空闕,據《二十二子》本、經訓堂本補。

家，利其貨，是非制也。子必致之公。且嬰聞之，廉者，[1]政之本也；讓者，德之主也。欒、高不讓，以至此禍，可毋慎乎！廉之謂公正，讓之謂保德。凡有血氣者，皆有爭心，怨利生孽，維義可以爲長存。且分爭者不勝其禍，辭讓者不失其福，子必勿取。”桓子曰：“善。”盡致之公，而請老于劇。

子尾疑晏子不受慶氏之邑晏子謂足欲則亡第十五

慶氏亡，分其邑，與晏子邶殿，其鄙六十，[2]晏子弗受。子尾曰：“富者，人之所欲也，何獨弗欲？”晏子對曰：“慶氏之邑足欲，故亡。吾邑不足欲也，益之以邶殿，乃足欲；足欲，亡無日矣。[3] 在外不得宰吾一邑，不受邶殿，非惡富也，恐失富也。且夫富，如布帛之有幅焉，爲之制度，使無遷也。夫生厚而用利，[4]于是乎正德以幅之，使無黜慢，謂之幅利。利過則爲敗，吾不敢貪多，所謂幅也。”或作：晏子對曰：“先人有言曰：無功之賞，不義之富，禍之媒也。夫離治□求富，禍也，慶氏知而不行，是以失之。我非惡富也，諺曰：‘前車覆，後車戒。’吾恐失富，不敢受之也。[5]”

---

① “廉”，原作“禁”，《二十二子》本、經訓堂本作“廉”，是。下文“廉之謂公正，讓之謂保德”可證，今據改。

② “六十”，原作“卒”，蓋形近而誤，據《二十二子》本、經訓堂本改。

③ “日矣”，原倒作“矣日”，據《二十二子》本、經訓堂本乙正。

④ “夫”下，孫星衍、盧文弨、王念孫校皆以爲脱“民”字。《左傳・襄公二十八年》所載有“民”字。

⑤ “或作”至“受之也”，《二十二子》本、經訓堂本無。

景公禄晏子平陰與槀邑晏子願行三言以辭第十六

景公禄晏子以平陰與槀邑，反市者十一社。晏子辭曰："吾君好治宫室，民之力弊矣；又好盤游玩好，以飭女子，民之財竭矣；又好興師，民之死近矣。弊其力，竭其財，近其死，下之疾其上甚矣！此嬰之所爲不敢受也。"公曰："是則可矣。雖然，君子獨不欲富與貴乎？"晏子曰："嬰聞，爲人臣者，先君後身。安國而度家，宗君而處身，曷爲獨不欲富與貴也！"公曰："然則曷以禄夫子？"晏子對曰："君商漁鹽，[①]關市譏而不征；耕者十取一焉；弛刑罰，若死者刑，若刑者罰，若罰者免。若此三言者，嬰之禄，君之利也。"公曰："此三言者，寡人無事焉，請以從夫子。"公既行若三言，使人問大國，大國之君曰："齊安矣。"使人問小國，小國之君曰："齊不我加矣。"

梁丘據言晏子食肉不足景公割地將封晏子辭第十七

晏子相齊，三年，政平民説。梁丘據見晏子中食，而肉不足，以告景公。旦日，割地將封晏子，晏子辭不受，曰："富而不驕者，未嘗聞者；[②]貧而不恨者，嬰是也。所以貧而不恨者，以若爲師也。[③] 今封，易嬰之師，師已輕，封已重矣，請辭。"

---

① "商"，原作"商"，據《二十二子》本、經訓堂本改。
② "聞者"，《二十二子》本、經訓堂本作"聞之"。
③ "若"，《二十二子》本、經訓堂本作"善"。

景公以晏子食不足致千金而晏子固不受第十八

晏子方食，景公使使者至。分食食之，使者不飽，晏子亦不飽。使者反，言之公。公曰："嘻！晏子之家，若是其貧也。寡人不知，是寡人之過也。"使吏致千金與市租，請以奉賓客。晏子辭。三教之，①終再拜而辭曰："嬰之家不貧。以君之賜，澤覆三族，延及交游，以振百姓，君之賜也厚矣！嬰之家不貧也。嬰聞之，夫厚取之君，而施之民，是臣代君君民也，忠臣不爲也。厚取之君，而不施於民，是爲筐篋之藏也，仁人不爲也。進取于君，退得罪于士，身死而財遷於它人，是爲宰藏也，智者不爲也。夫十總之布，②一豆之食，足於中免矣。"景公謂晏子曰："昔吾先君桓公，以書社五百封管仲，不辭而受，子辭之何也？"晏子曰："嬰聞之，聖人千慮，必有一失；愚人千慮，必有一得。意者管仲之失，而嬰之得者耶？故再拜而不敢受命。"

景公以晏子衣食弊薄使田無宇致封邑晏子辭第十九

晏子相齊，衣十升之布，脱粟之食，五卵、苔菜而已。左右以告公，公爲之封邑，使田無宇致臺與無鹽。晏子對曰："昔吾先君太公，受之營丘，爲地五百里，爲世國長。自太公至於公之身，有數十公矣。苟能説其君以取邑，不至公之身，

---

① "教"，《二十二子》本、經訓堂本作"致"。
② "夫十"，原倒作"十夫"，據《二十二子》本、經訓堂本乙正。

趣齊墫以求升土,[①]不得容足而寓焉。嬰聞之,臣有德益禄,無德退禄,惡有不肖父爲不肖子爲封邑以敗其君之政者乎?"遂不受。

田桓子疑晏子何以辭邑晏子答以君子之事也第二十

景公賜晏子邑,晏子辭。田桓子謂晏子曰:"君歡然與子邑,必不受以恨君,[②]何也?"晏子對曰:"嬰聞之,節受于上者,寵長于君;儉居處者,名廣於外。夫長寵廣名,君子之事也。嬰獨庸能已乎?"

景公欲更晏子宅晏子辭以近市得所求諷公省刑第二十一[③]

景公欲更晏子之宅,曰:"子之宅近市,湫隘囂塵,不可以居。請更諸爽塏者。"晏子辭曰:"君之先臣容焉,臣不足以嗣之,於臣侈矣。且小人近市,朝夕得所求,小人之利也。敢煩里旅!"公笑曰:"子近市,識貴賤乎?"對曰:"既竊利之,敢不識乎!"公曰:"何貴何賤?"是時也,公繁于刑,有鬻踊者。故對曰:"踊貴而屨賤。"公愀然改容。公爲是省于刑。君子曰:"仁人之言,其利博哉! 晏子一言,而齊侯省刑。《詩》曰:'君

① "墫",《二十二子》本、經訓堂本作"摶"。
② "以恨",原倒作"恨以",據《二十二子》本、經訓堂本乙正。
③ "所",原脱,據卷首目録及正文補。

子如祉,亂庶遄已。[①]'其是之謂乎。”

景公毁晏子鄰以益其宅晏子因陳桓子以辭第二十二[②]

晏子使晋,景公更其宅,反則成矣。既拜,乃毁之,而爲里室,皆如其舊則,使宅人反之。且“諺曰:[③]‘非宅是卜,維鄰是卜。’二三子先卜鄰矣。違卜不祥,君子不犯非禮,小人不犯不祥,古之制也。吾敢違諸乎?”卒復其舊宅。公弗許。因陳桓子以請,乃許之。或作:晏子使魯,比其反,景公爲毁其鄰以益其宅。晏子反,聞之,待於郊,使人復于公曰:“臣之貧頑而好大室也,乃通於君,故君大其居,臣之罪大矣。”公曰:“夫子之鄉惡而居小,故爲夫子爲之,欲夫子居之,以慊寡人也。”晏子對曰:“先人有言曰:‘毋卜其居,而卜其鄰舍。’今得意於君者慊其居,則毋卜已。没氏之先人卜與臣鄰,吉。臣可以廢没氏之卜乎?夫大居而逆鄰歸之心,臣不願也。請辭。”[④]

景公欲爲晏子築室於宫内晏子稱是以遠之而辭第二十三

景公謂晏子曰:“寡人欲朝昔見,[⑤]爲夫子築室於閨内,可乎?”晏子對曰:“臣聞之,隱而顯,近而結,維至賢耳。如臣

① “庶”,原作“無”,據《二十二子》本、經訓堂本改。
② “辭”,原脱,據卷首目録補。
③ “且諺曰”,此處文不成義,當有脱誤。
④ “或作”至“請辭”,《二十二子》本、經訓堂本無。
⑤ “昔”,《二十二子》本、經訓堂本作“夕”。

者，飾其容止，以待承令，猶恐罪戾也，今君近之，是遠之也。請辭。”

景公以晏子妻老且惡欲納愛女晏子再拜以辭第二十四

景公有愛女，請嫁于晏子。公乃往燕晏子之家，飲酒，酣，公見其妻曰：“此子之内子耶？”晏子對曰：“然，是也。”公曰：“嘻！亦老且惡矣。寡人有女，少且姣，請以滿夫子之宫。”晏子違席而對曰：“乃此則老且惡，嬰與之居故矣，故及其少而姣也。且人固以壯托乎老，姣托乎惡，彼嘗托，而嬰受之矣。君雖有賜，可以使嬰倍其托乎？”再拜而辭。

景公以晏子乘弊車駑馬使梁丘據遺之三返不受第二十五

晏子朝，乘弊車，駕駑馬。景公見之曰：“嘻！夫子之禄寡耶？何乘不任之甚也？[①]”晏子對曰：“賴君之賜，得以壽三族，及國游士，皆得生焉。臣得暖衣飽食，弊車駑馬，以奉其身。於臣足矣。”晏子出，公使梁丘據遺之輅車乘馬，三返不受。公不悦，趣召晏子。晏子至，公曰：“夫子不受，寡人亦不乘。”晏子對曰：“君使臣臨百官之吏，臣節其衣服飲食之養，以先國之民，然猶恐其侈靡而不顧其行也。今輅車乘馬，君乘之上，而臣亦乘之下，民之無義，侈其衣服飲食而不顧其行

① “不任”，王念孫謂當作“不佼”。

者，臣無以禁之。”遂讓不受。

景公睹晏子之食菲薄而嗟其貧晏子稱有參士之食第二十六

晏子相景公，食脱粟之食，炙三弋、五卵、苔菜耳矣。公聞之，往燕焉，睹晏子之食也。公曰：“嘻！夫子之家如此其貧乎！而寡人不知，寡人之罪也。”晏子對曰：“以世之不足也，免粟之食飽，士之一乞也；炙三弋，士之二乞也；五卵，士之三乞也。嬰無倍人之行，而有參士之食，君之賜厚矣！嬰之家不貧。”再拜而謝。

梁丘據自患不及晏子晏子勉據以常爲常行第二十七①

梁丘據謂晏子曰：“吾至死不及夫子矣！”晏子曰：“嬰聞之，爲者常成，行者常至。嬰非有異于人也，常爲而不置，常行而不休者，故難及也。”

晏子老辭邑景公不許致車一乘而後止二十八

晏子相景公，老，辭邑。公曰：“自吾先君定公至今，用世多矣，齊大夫未有老辭邑者矣。今夫子獨辭之，是毁國之故，

---

① “以”，原脱，據卷首目録補。

棄寡人也。不可！”晏子對曰：“嬰聞，古之事君者，稱身而食，德厚而受禄，德薄則辭禄。德厚受禄，所以明上也；德薄辭禄，可以潔下也。嬰老薄無能，而厚受禄，是掩上之明，污下之行，不可。”公不許，曰：“昔吾先君桓公，有管仲恤勞齊國，身老，賞之以三歸，澤及子孫。今夫子亦相寡人，欲爲夫子三歸，澤至子孫，豈不可哉？”對曰：“昔者管子事桓公，桓公義高諸侯，德備百姓。今嬰事君也，國僅齊於諸侯，怨積乎百姓，嬰之罪多矣，而君欲賞之，豈以其不肖父其不肖子厚受賞以傷國民義哉？且夫德薄而禄厚，智惽而家富，是彰污而逆教也，不可。”公不許。晏子出。異日朝，得間而入邑，致車一乘而後止。

晏子病將死妻問所欲言云毋變爾俗第二十九

晏子病，將死，其妻曰：“夫子無欲言乎？”子曰：“吾恐死而俗變，謹視爾家，毋變爾俗也。”

晏子病將死鑿楹納書命子壯而示之第三十

晏子病，將死，鑿楹納書焉，謂其妻曰：“楹語也，子壯而示之。”及壯，發書之言曰：[①]“布帛不可窮，窮不可飾；牛馬不可窮，窮不可服；士不可窮，窮不可任；國不可窮，窮不可竊也。”

---

① “發書之言曰”，王念孫謂當作“發書，書之言曰”。

外篇重而異者第七凡二十七章

① “誰”,原作“請”,據卷内章題及正文改。
② “後”下,卷内章題有“世”字;“國”,卷内章題作“者”。

景公飲酒命晏子去禮晏子諫第一

景公飲酒數日而樂，釋衣冠，自鼓缶，謂左右曰："仁人亦樂是夫？"梁丘據對曰："仁人之耳目，亦猶人也，夫奚爲獨不樂此也？"公曰："趣駕迎晏子。"晏子朝以至，受觴再拜。公曰："寡人甚樂此樂，欲與夫子共之，請去禮。"晏子對曰："君

---

① "與"，原脱，據卷内章題及正文補。
② "問"下，原脱"子"字，據卷内章題及正文補。
③ "阿"，原誤作"河"，據卷内章題及正文改。
④ "衣"，卷内章題作"之"。

之言過矣！群臣皆欲去禮以事君，嬰恐君子之不欲也。今齊國五尺之童子，力皆過嬰，又能勝君，然而不敢亂者，畏禮義也。[①] 上若無禮，無以使其下；下若無禮，無以事其上。夫麋鹿維無禮，故父子同麀，人之所貴以於禽獸者，[②]以有禮也。嬰聞之，人君無禮，無以臨其邦；大夫無禮，官吏不恭；父子無禮，其家必凶；兄弟無禮，不能久同。《詩》曰：'人而無禮，胡不遄死。'故禮不可去也。"公曰："寡人不敏，無良左右淫蠱寡人，以至于此，請殺之。"晏子曰："左右何罪？君若無禮，則好禮者去，無禮者至；君若好禮，則有禮者至，無禮者去。"公曰："善。請易衣革冠，更受命。"晏子避走，立乎門外。公令人糞灑改席，召衣冠以迎晏子。晏子入門，三讓，升階，用三獻焉；嗛酒嘗膳，再拜，告餍而出。公下拜，送之門，反，命撤酒去樂，[③]曰："吾以彰晏子之教也。"

〇此章與"景公酒酣願無爲禮晏子諫"大旨同，但辭有詳略爾，故著于此篇。[④]

景公置酒泰山四望而泣晏子諫第二

景公置酒于泰山之上，[⑤]酒酣，公四望其地，喟然嘆，泣數行而下，曰："寡人將去此堂堂國者而死乎！"左右佐哀而泣者三人，曰："吾細人也，猶將難死，而況公乎！棄是國也而

① "義"，《二十二子》本、經訓堂本無此字。
② "以"，《二十二子》本、經訓堂本無此字。
③ "撤"，原誤作"撒"，據《二十二子》本、經訓堂本改。
④ "此章"至"此篇"，《二十二子》本、經訓堂本無。本卷下同。
⑤ "上"，《二十二子》本、經訓堂本作"陽"。

死，其孰可爲乎！”晏子獨搏其髀，仰天而大笑曰：“樂哉，今日之飲也！”公怫然怒曰：“寡人有哀，子獨大笑，何也？”晏子對曰：“今日見怯君一，諛臣三人，是以大笑。”公曰：“何謂諛怯也？”晏子曰：“夫古之有死也，令後世賢者得之以息，①不肖者得之以伏。若使古之王者毋知有死，自昔先君太公至今尚在，而君亦安得此國而哀之？夫盛之有衰，生之有死，天之分也。物有必至，事有常然，古之道也。曷爲可悲？至老尚哀死者，怯也；左右助哀者，諛也。怯諛聚居，是故笑之。”公慚而更辭曰：“我非爲去國而死哀也。寡人聞之，彗星出，其所向之國君當之，今彗星出而向吾國，我是以悲也。”晏子曰：“君之行義回邪，無德于國。穿池沼，則欲其深以廣也；爲臺榭，則欲其高且大也；賦斂如撝奪，誅僇如仇讎。自是觀之，茀又將出。天之變，彗星之出，庸可悲乎！”于是公懼，乃歸，寘池沼，廢臺榭，薄賦斂，緩刑罰，三十七日而彗星亡。

〇此章與“景公登牛山而悲”、“登公阜睹彗星而感”旨同而辭少異爾，故著于此篇。

景公夢見彗星使人占之晏子諫第三

景公夢見彗星。明日，召晏子而問焉：“寡人聞之，有彗星者必有亡國。夜者，寡人夢見彗星。吾欲召占夢者使占之。②”晏子對曰：“君居處無節，衣服無度，不聽正諫，興事無已，賦斂無厭，使民如將不勝，萬民懟怨。見茀星又將見

① “令”，原誤作“今”，據《二十二子》本、經訓堂本改。
② “夢者”，原倒作“者夢”，今據《二十二子》本、經訓堂本乙正。

夢,[①]奚獨彗星乎!"

〇此章與"景公登公阜見彗星使禳之晏子諫"辭旨同,而此特言夢見爲異爾,故著於此篇。

景公問古而無死其樂若何晏子諫第四

景公飲酒樂,公曰:"古而無死,其樂若何?"晏子對曰:"古而無死,[②]則古之樂也,君何得焉?昔爽鳩氏始居此地,季前因之,[③]有逢伯陵困,[④]蒲姑氏因之,而後太公因之。古君無死,[⑤]爽鳩氏之樂,非君所願也。"

〇此章與"景公謂梁丘據與己和"、"景公使祝史禳彗星"皆出於"景公游公阜一日而有三過言",但析爲章而辭少異,皆著于此篇。

景公謂梁丘據與己和晏子諫第五

景公至自畋,晏子侍於遄臺,梁丘據造焉。公曰:"維據與我和夫!"晏子對曰:"據亦同也,焉得爲和?"公曰:"和與同異乎?"對曰:"異。和如羹焉,水火醯醢鹽梅,以烹魚肉,燀之以薪,宰夫和之,齊之以味,濟其不及,以泄其過,[⑥]君子食之,以平其心。君臣亦然。君所謂可,而有否焉,臣獻其否,

---

① "見茀",《二十二子》本、經訓堂本無"見"字。
② "無",原脱,據《二十二子》本、經訓堂本補。
③ "前",《二十二子》本、經訓堂本作"萴"。
④ "困",《二十二子》本、經訓堂本作"因之"。
⑤ "君",《二十二子》本、經訓堂本作"若"。
⑥ "遇",《二十二子》本、經訓堂本作"過"。

以成其可;君所謂否,而有可焉,臣獻其可,以去其否。是以政平而不干,民無爭心。故《詩》曰:‘亦有和羹,既戒且平;奏鬷無言,時靡有爭。’先王之濟五味,和五聲也,以平其心,成其政也。聲亦如味:一氣,二體,三類,四物,五聲,六律,七音,八風,九歌,以相成也;清濁,大小,短長,①疾徐,哀樂,剛柔,遲速,高下,出入,周流,以相濟也。君子听之,以平其心,心平德和。故《詩》曰:‘德音不瑕。’今據不然,君所謂可,據亦曰可;君所謂否,據亦曰否。若以水濟水,誰能食之?若琴瑟之專一,誰能聽之?同之不可也如是。”公曰:“善。”

景公使祝史禳彗星晏子諫第六

齊有彗星,景公使祝禳之。晏子諫曰:“無益也,只取誣焉。天道不謟,不貳其命,若之何禳之也!且天之有彗,以除穢也。君無穢德,又何禳焉?若德之穢,禳之何損?《詩》云:‘維此文王,小心翼翼,昭事上帝,聿懷多福,厥德不回,以受方國。’君無違德,方國將至,何患于彗?《詩》曰:‘我無所監,夏后及商,用亂之故,民卒汻亡。’若德之回亂,民將汻亡,祝史之爲,無能補也。”公說,乃止。

〇此章與“景公登公阜見彗星”章旨同,故著于此篇。

景公有疾梁丘據裔款請誅祝史晏子諫第七

景公疥遂痁,期而不瘳。諸侯之賓,問疾者多在。梁丘

---

① “短”,原誤作“矩”,據《二十二子》本、經訓堂本改。

據、裔款言於公曰："吾事鬼神，豐于先君有加矣。今君疾病，爲諸侯憂，是祝、史之罪也。諸侯不知，其謂我不敬，君盍誅于祝固、史嚚以辭賓？[①]"公説，告晏子。晏子對曰："日宋之盟，屈建問范會之德於趙武，趙武曰：'夫子家事治，言于晋國，竭情無私，其祝、史祭祀，陳信不愧。[②] 其家事無情，[③]其祝、史不祈。'建以語康王。康王曰：'神人無怨，宜夫子之先輔五君，[④]以爲諸侯主也。'[⑤]"公曰："據與款謂寡人能事鬼神，故欲誅于祝、史，子稱是語何故？"對曰："若德之君，[⑥]外内不廢，上下無怨，動無違事，其祝、史薦信，無愧心矣。是以鬼神用饗，國受其福，祝、史與焉。其所以蕃禮老壽者，[⑦]爲信君使也，其言忠信於鬼神。其適遇淫君，外内頗邪，上下怨疾，動作辟遠，[⑧]從欲厭私，高臺深池，撞鐘舞女，斬刈民力，輸掠其聚，以成其違，不恤後人，暴虐淫縱，肆行非度，無所還忌，不思謗讟，不憚鬼神，鬼神怒民痛，[⑨]無悛於心。其祝、史薦信，是言罪也；其蓋失數美，是矯誣也；進退無辭，則虚以求媚，[⑩]是以鬼神不饗，其國以禍之，祝、史與焉。所以夭昏孤疾者，其暴君使也，[⑪]其言僭嫚于鬼神。"公曰："然則若之

① "史"，原作"使"，據元刻本及下文改。
② "信"，《二十二子》本、經訓堂本作"言"。
③ "情"，《二十二子》本、經訓堂本作"猜"。
④ "先"，《二十二子》本、經訓堂本作"光"。
⑤ "侯"，原脱，據《二十二子》本、經訓堂本補。
⑥ "若"下，《二十二子》本、經訓堂本有"有"字。
⑦ "禮"，《二十二子》本、經訓堂本作"祉"。
⑧ "遠"，《二十二子》本、經訓堂本作"違"。
⑨ "鬼"，《二十二子》本、經訓堂本無此字。
⑩ "求"，《二十二子》本、經訓堂本作"成"。
⑪ "其"，《二十二子》本、經訓堂本作"爲"。

何?”對曰:“不可爲也。山林之木,衡鹿守之;澤之雚蒲,①舟鮫守之;藪之薪,虞候猍守之;②海之鹽蜃,祈望守之。縣鄙之人,入從其政;逼介之關,暴征其私;承嗣大夫,彊易其賄;布常無藝,徵斂無度;宫室日更,淫樂不違。内寵之妾,肆奪于市,外寵之臣,僭全於鄙;③私欲養求,不給則應。民人苦病,夫婦皆詛。祝有益也,詛亦有損。④聊攝以東,姑尤以西,其爲人也多矣!雖其善祝,豈能勝億兆人之詛!君若欲誅於祝、史,修德而後可。”公説,使有司寬政,毁關去禁,薄斂已責,公疾愈。

〇此章與“景公病久欲誅祝史以謝”事悉旨同,但述辭有首末之異,故著于此篇。

景公見道殣自慚無德晏子諫第八

景公賞賜及後宫,文繡被臺榭,菽粟食鳧雁;出而見殣,謂晏子曰:“此何爲而死?”晏子對曰:“此餧而死。”公曰:“嘻!寡人之無德也甚矣。”對曰:“君之德著而彰,何爲無德也?”景公曰:“何謂也?”對曰:“君之德及後宫與臺榭,君之玩物,衣以文繡,君之鳧雁,食以菽粟;君之營内自樂,延及後宫之族,何爲其無德!顧臣願有請于君:由君之意,自樂之心,推而與百姓同之,則何殣之有!君不推此,而苟營内好私,使財貨偏

① “雚”,《二十二子》本、經訓堂本作“萑”。

② “藪之薪,虞候猍守之”,《二十二子》本、經訓堂本作“藪之薪蒸,虞候守之”。

③ “全”,《二十二子》本、經訓堂本作“令”。

④ “亦”,原誤作“不”,據《二十二子》本、經訓堂本改。

有所聚，[1]菽粟幣帛腐於囷府，惠不遍加于百姓，公心不周乎萬國，則桀紂之所以亡也。夫士民之所以叛，由徧之也。[2]君如察臣嬰之言，推君之盛德，公布之于天下，則湯武可爲也，一殣何足恤哉！”

〇此章與“景公游寒塗不恤死胔”辭如相反而其旨實同，[3]故著于此篇。

景公欲誅斷所愛橚者晏子諫第九

景公登箐室而望，見人有斷雍門之橚者，公令吏拘之，顧謂晏子趣誅之。晏子默然不對。公曰：“雍門之橚，寡人所甚愛也，此見斷之，故使夫子誅之，默然而不應，何也？”晏子對曰：“嬰聞之，古者人君出，則闢道十里，非畏也；冕前有旒，惡多所見也；纊紘珫耳，惡多所聞也；泰帶重半鈞，[4]舄履倍重，不欲輕也。刑死之罪，日中之朝，君過之，則赦之。嬰未嘗聞爲人君而自坐其民者也。”公曰：“赦之。無使夫子復言。”

〇此章與“景公欲殺犯槐者”、“景公逐得斬竹”事悉同，但悉辭少異耳，[5]故著於此篇。

---

① “徧”，原作“衝”，據《二十二子》本、經訓堂本改。
② “徧”，《二十二子》本、經訓堂本作“偏”。
③ “寒”，原誤作“塞”，據卷一第十九章改。
④ “泰”，《二十二子》本、經訓堂本作“大”。
⑤ “悉”，蓋涉上文而衍。

景公坐路寢曰誰將有此晏子諫第十①

景公坐於路寢，曰："美哉其室，將誰有此乎？"晏子對曰："其田氏乎，田無宇爲垾矣。"公曰："然則奈何？"晏子對曰："爲善者，君上之所勸也，豈可禁哉！夫田氏國門擊柝之家，父以托其子，兄以托其弟，於今三世矣。山木如市，不加于山；魚鹽蚌蜃，②不加于海；民財爲之歸。今歲凶飢，③蒿種芼斂不半，道路有死人。齊舊四量而豆，豆四而區，區四而釜，釜十而鐘。田氏四量，各加一焉。以家量貸，以公量收，則所以糴百姓之死命者澤矣。今公家驕汰，而田氏慈惠，國澤是將焉歸。田氏雖無德而施于民，公厚斂而田氏厚施焉。《詩》曰：'雖無德與汝，式歌且舞。'田氏之施，民歌舞之也，國之歸焉，不亦宜乎！"

○此章與"景公登路寢而嘆"、"景公問後世有齊者"、"叔向問齊國之若"辭旨略同而小異，故著于此篇。

景公臺成盆成适願合葬其母晏子諫而許第十一

景公宿于路寢之宫，夜分，聞西方有男子哭者，公悲之。明日朝，問於晏子曰："寡人夜者聞西方有男子哭者，聲甚哀，氣甚悲，是奚爲者也？寡人哀之。"晏子對曰："西郭徒居布衣之士盆成适也，父之孝子，兄之順弟也。又嘗爲孔子門人。今其母不幸而死，祔柩未葬，家貧，身老，子孺，恐力不能合

---

① "十"，原誤作"十一"，徑改。

② "蜃"，原誤作"唇"，據《二十二子》本、經訓堂本改。

③ "飢"，《二十二子》本、經訓堂本作"饑"。

祔，是以悲也。”公曰：“子爲寡人吊之，因問其偏祔何所在。”晏子奉命往吊，而問偏之所在。盆成适再拜稽首而不起，曰：“偏祔寄于路寢，得爲地下之臣，擁札摻筆，給事宫殿中右陛之下，願以某日送，未得君之意也。窮困無以圖之，布脣枯舌，焦心熱中，今君不辱而臨之，願君圖之。”晏子曰：“然。此人之甚重者也，而恐君不許也。”盆成适蹷然曰：“凡在君耳！且臣聞之，越王好勇，其民輕死；楚靈王好細腰，其朝多餓死人；子胥忠其君，故天下皆願得以爲子。[1] 今爲人子臣，而離散其親戚，孝乎哉？足以爲臣乎？若此而得祔，是生臣而安死母也；若此而不得，則臣請輓尸車而寄之於國門外宇溜之下，身不敢飲食，擁轅執輅，木乾鳥栖，袒肉暴骸，以望君愍之。賤臣雖愚，竊意明君哀而不忍也。”晏子入，復乎公，公忿然作色而怒曰：“子何必患若言而教寡人乎？”晏子對曰：“嬰聞之，忠不避危，愛無惡言，且嬰固以難之矣。今君營處爲游觀，既奪人有，又禁其葬，非仁也；肆心傲聽，不恤民憂，非義也。若何勿聽？”因道盆成适之辭。公喟然太息曰：“悲乎哉！子勿復言。”乃使男子袒免、女子髽者以百數，[2]爲開凶門，以迎盆成适。适脱衰絰，冠條纓，墨緣，以見乎公。公曰：“吾聞之，五子不滿隅，一子可滿朝，非乃子耶！”盆成适于是臨事不敢哭，奉事以禮，畢，出門，然後舉聲焉。

〇此章與“於何請合葬”正同而辭少異，故著於此篇。

---

① “子胥”至“爲子”，王念孫云：“此文原有四句，今脱去中二句，則文不成義。《秦策》云：‘子胥忠其君，天下皆欲以爲臣；孝己愛其親，天下皆欲以爲子。’文義正與此同。下文‘今爲人子臣’云云，正承上四句言之。”

② “髽”，原作“髮笄”，據盧文弨説改。

景公築長庲臺晏子舞而諫第十二

景公築長庲之臺，晏子侍坐。觴三行，晏子起舞，曰："歲已暮矣，而禾不穫，忽忽矣若之何！歲已寒矣，而役不罷，惙惙矣如之何！"舞三，而涕下沾襟。景公慚焉，爲之罷長庲之役。

〇此章與"景公爲長庲欲美之"、"景公冬起大臺之役"辭旨同而小異，故著於此篇。

景公使燭鄒主鳥而亡之公怒將加誅晏子諫第十三

景公好弋，使燭鄒主鳥而亡之。公怒，詔吏殺之。晏子曰："燭鄒有罪三，請數之以其罪而殺之。"公曰："可。"於是召而數之公前，曰："燭鄒！汝爲吾君主鳥而亡之，是罪一也；使吾君以鳥之故殺人，是罪二也；使諸侯聞之，以吾君重鳥以輕士，是罪三也。數燭鄒罪已畢，①請殺之。"公曰："勿殺，寡人聞命矣。"

〇此章與"景公欲誅野人"、"景公欲殺圉人"章旨同而辭少異，故著於此篇。

---

① "數"，原誤作"轂"，據《二十二子》本、經訓堂本改。

景公問治國之患晏子對以佞人讒夫在君側第十四

景公問晏子曰："治國之患亦有常乎?"對曰："佞人讒夫之在君側者,好惡良臣,而行與小人,此國之長患也。"公曰："讒佞之人,則誠不善矣;雖然,則奚曾爲國常患乎?"晏子曰："君以爲耳目而好繆事,則是君之耳目繆也。夫上亂君之耳目,下使群臣皆失其職,豈不誠足患哉!"公曰："如是乎?寡人將去之。"晏子曰："公不能去也。"公忿然作色不説,曰："夫子何小寡人甚也!"對曰："臣何敢槁也![1] 夫能自周於君者,才能皆非常也。夫藏大不誠于中者,必謹小誠於外,以成其大不誠。于中者必謹小誠于外,以成其大不誠,[2]入則求君之嗜欲能順之,公怨良臣,則具其往失而益之,出則行威以取富。夫何密近,不爲大利變,而務與君至義者也?此難得其知也。"公曰："然則先聖奈何?"對曰："先聖之治也,審見賓客,聽治不留,曰不足,[3]群臣皆得畢其誠,讒諛安得容其私!"公曰："然則夫子助寡人止之,寡人亦事勿用。"對曰："讒夫佞人之在君側者,若社之有鼠也,諺言有之曰:'社鼠不可熏去。'讒佞之人,隱君之威以自守也,是難去焉。"

---

① "槁",盧文弨、俞樾皆以爲"撟"字之誤。

② "于中者"至"大不诚"十五字,蓋涉上文而衍,《二十二子》本、經訓堂本無。

③ "曰不足",《二十二子》本、經訓堂本無此三字,元刻本作"日不足"。王念孫云:"元刻本有此三字,孫本無。案'審見賓客'二句皆四字爲句,'日不足'句獨少一字,且語意未明,當依《群書治要》作'患日不足,聽治不留'。患日不足,言其敏且勤也。"

〇此章與“景公問佞人之事君何如”[①]、“景公問治國何患”三章大旨同而辭少異，故著於此篇。

景公問後世孰將踐有齊者晏子對以田氏第十五

景公與晏子立曲潢之上，望見齊國，問晏子曰：“後世孰將踐有齊國者乎？”晏子對曰：“非賤臣之所敢議也。”公曰：“胡必然也？得者無失，則虞、夏常存矣。”晏子對曰：“臣聞，見不足以知之者，智也；先言而後當者，惠也。夫智與惠，君子之事，臣奚足以知之乎！雖然，臣請陳其爲政：君彊臣弱，政之本也；君唱臣和，教之隆也；刑罰在君，民之紀也。今夫田無宇二世有功于國，而利取分寡，公室兼之，國權專之，君臣易施，而無衰乎！[②] 嬰聞之，臣富主亡。由是觀之，其無宇之後無幾，齊國，田氏之國也。嬰老不能待公之事，公若即世，政不在公室。[③]”公曰：“然則奈何？”晏子對曰：[④]“維禮可以已之。其在禮也，家施不及國，民不懈，貨不移，工賈不變，士不濫，官不諂，大夫不收公利。”公曰：“善。今知禮之可以爲國也。”對曰：“禮之可以爲國也久矣，與天地並立。君令臣忠，父慈子孝，兄愛弟敬，夫和妻柔，姑慈婦聽，禮之經也。君令而不違厲，[⑤]臣忠而不二，父慈而教，子孝而箴，兄愛而友，弟敬而順，夫和而義，妻柔而貞，姑慈而從，婦聽而婉，禮之質

① “君”，原作“若”，據第三卷第二十一章改。
② “而”，《二十二子》本、經訓堂本作“能”。
③ “政”，原作“改”，形近而訛，據《二十二子》本、經訓堂本改。
④ “曰”，原作“其”，據《二十二子》本、經訓堂本改。
⑤ “厲”，《二十二子》本、經訓堂本無此字。

也。”公曰：“善哉！寡人乃今知禮之尚也。”晏子曰：“夫禮，先王之所以臨天下也，以爲其民，是故尚之。”

○此章與“景公坐路寢問誰將有此”、“景公問魯莒孰先亡田問後世孰有齊國”①、“晋叔向問齊國若何”之章畣旨同而辭異，故著於此篇。

晏子使吴吴王問君子之行晏子對以不與亂國俱滅第十六

晏子聘于吴，吴王問：“君子之行何如？”晏子對曰：“君順懷之，政治歸之，不懷暴君之禄，不居亂國之位，君子見兆則退，不與亂國俱滅，不與暴君偕亡。”

○此章與“吴王問可處可去”事旨既同，但辭有詳略之異，故著於此篇。

吴王問齊君僈暴吾子何容焉晏子對以豈能以道食人第十七

晏子使吴，吴王曰：“寡人得寄僻陋蠻夷之鄉，希見教君子之行，請私而無爲罪。”晏子蹵然辟位。吴王曰：“吾聞，齊君盖賊以僈，野以暴，吾子容焉，何甚也？”晏子遵而對曰：“臣聞之，微事不通，粗事不能者，必勞；大事不得，小事不爲者，必貧；大者不能致人，小者不能至人之門者，必困。此臣之所以仕也。如臣者，豈能以道食人者哉！”晏子出，王笑曰：“嗟

① “田”，盧文弨云元刻本作“因”。

乎！今日吾譏晏子，皆猶裸而高撅者也。”

〇此章與“景公問天下之所以存亡”、“魯君問何事回曲之君”二章或事異而辭同，或旨同而辭異，故著于此篇。

司馬子期問有不干君不恤民取名者乎晏子對以不仁也第十八

司馬子期問晏子曰：“士亦有不干君，不恤民，徒居無爲而取名者乎？”晏子對曰：“嬰聞之，能足以贍上益民而不爲者，[1]謂之不仁。不仁而取名者，嬰未得聞之也。”

〇此章與“叔向問徒處之義”章旨同而有詳略之異，故著於此篇。

高子問子事靈公莊公景公皆敬子晏子對以一心第十九

高子問晏子曰：“子事靈公、莊公、景公，皆敬子。三君之心一耶？夫子之心三也？”晏子對曰：“善哉，問事君。嬰聞，一心可以事百君，三心不可以事一君。故三君之心非一也，而嬰之心非三必也，[2]且嬰之於靈公也，盡復而不能立之政，所謂僅全其四支以從其君者也。及莊公，陳武夫，尚勇力，欲

① “贍”，《二十二子》本、經訓堂本作“贍”。

② “必”，《二十二子》本、經訓堂本作“心”。駢宇騫云：“明本‘嬰之心非三必也’句，衍‘心’字，後又訛爲‘必’。”

辟勝干邪,[①]而嬰不能禁,故退而野處。嬰聞之,言不用者不受其禄,不治其事者不與其難,吾於莊公行之矣。今之君,輕國而重樂,薄於民而厚于養,藉斂過量,[②]使令過任,而嬰不能禁,嬰庸知其能全身以事君乎![③]”

〇此章與“梁丘據問事三君不同心”、“孔子之齊不見晏子”旨同而辭少異,[④]故著于此篇。

晏子再治東阿上計景公迎賀晏子辭第二十

晏子治東阿,三年,景公召而數之曰:“吾以子爲可,而使子治東阿,今子治而亂,子退而自察也,寡人將加大誅於子。”晏子對曰:“臣請改道易行而治東阿。三年不治,臣請死之。”景公許。於是明年上計,景公迎而賀之曰:“甚善矣,子之治東阿也!”晏子對曰:“前臣之治東阿也,屬托不行,貨賂不至,陂池之魚,以利貧民。當此之時,民無飢,君反以罪臣。今臣後之東阿也,屬托行,貨賂至,並重賦斂,倉庫少内,便事左右,陂池之漁,入于權宗。[⑤] 當此之時,飢者過半矣,君乃反迎而賀。臣愚,不能復治東阿,願乞骸骨,避賢者之路。”再拜,便僻。景公乃下席而謝之曰:“子彊復治東阿。東阿者,子之東阿也,寡人無復與焉。”

〇此章與“晏子再治阿而見信景公任以國政”章旨同而

---

① “干”,《二十二子》本、經訓堂本作“于”,簡本作“於”。駢宇騫以爲“‘勝干邪’義不可通,‘干’當爲‘于’字之訛,簡本作‘於’是。”

② “藉”,原作“籍”。

③ “庸”上,《二十二子》本、經訓堂本無“嬰”字。

④ “孔”,原作“九”,據卷八第四章改;又盧文弨云元刻本作“孔”。

⑤ “宗”,《説苑・理政》作“家”。

述辭少異，故著于此篇。

太卜紿景公能動地晏子知其妄使卜自曉公第二十一

景公問太卜曰："汝之道何能？"對曰："臣能動地。"公召晏子而告之，曰："寡人問太卜曰：'汝之道何能？'對曰：'能動地。'地可動乎？"晏子默默不對，[1]出，見太卜曰："昔吾見鈎星在四心之間，地其動乎？"太卜曰："然。"晏子曰："吾言之，恐子死之也；默然不對，恐君之惶也。子言，君臣俱得焉。忠於君者，豈必傷人哉！"晏子出，太卜走入見公，曰："臣非能動地，地固將動也。"陳子陽聞之，曰："晏子默而不對者，不欲太卜之死也；往見太卜者，恐君之惶也。晏子，仁人也，可謂忠上而惠下也。"

〇此章與"柏常騫禳梟死將爲公請壽晏子識其妄"章旨同而辭異，[2]故著於此篇。

有獻書譖晏子退耕而國不治復召晏子第二十二

晏子相景公，其論人也，見賢而進之，不同君所欲；見不善則廢之，不辟君所愛；行己而無私，直言而無諱。有納書者曰："廢置不周於君前，謂之專；出言不諱於君前，謂易。[3]專易之行存，則君臣之道廢矣。吾不知晏子之爲忠臣也。"公以

---

① "默默"，《二十二子》本、經訓堂本作"默然"。
② "此"，原脱，據卷内他章體例補；又盧文弨云元刻本有"此"字。
③ "易"上，《二十二子》本、經訓堂本有"之"字。

爲然。晏子入朝，公色不悦，故晏子歸，備載，使人辭曰："嬰故老悖無能，毋敢服壯者事。"辭而不爲臣，退而窮處，東畊海濱，堂下生黎藿，①門外生荆棘。七年，燕、魯分爭，百姓惛亂，而家無積。公自治國，權輕諸侯，身弱高、國。公恐，復召晏子。晏子至，公一歸七年之禄，而家無藏。晏子立，諸侯忌其威，②高、國服其政，燕、魯貢職，小國時朝。晏子没而後衰。

〇此章與"景公惡故人晏子退"章旨同叙事少異，故著于此篇。

晏子使高糾治家三年而未嘗弼過逐之第二十三

晏子使高糾治家，三年而辭焉。儐者諫曰："高糾之事夫子三年，曾無以爵位而逐之，敢請其罪。"晏子曰："若夫方立之人，維聖人而已。如嬰者，反陋之人也。③若夫左嬰右嬰之人不舉，四維將不正。④今此子事吾三年，未嘗弼吾過也，吾是以辭之。"

〇此章與"景公欲見高糾"章旨同而辭少異，故著於此篇。

景公稱桓公之封管仲益晏子邑辭不受第二十四

景公謂晏子曰："昔吾先君桓公，予管仲狐與穀，其縣十七，著之于帛，申之以策，通之諸侯，以爲其子孫賞邑。寡人

① "黎"，《二十二子》本、經訓堂本作"藜"。
② "諸侯"，原誤倒，據《二十二子》本、經訓堂本乙正。
③ "反"，《二十二子》本、經訓堂本作"仄"。
④ "四"，原作"曰"，據《二十二子》本、經訓堂本改。

不足以辱而先君，今爲夫子賞邑，通之子孫。”晏子辭曰：“昔聖王論功而賞賢，賢者得之，不肖者失之，御德修禮，無有荒怠。今事君而免于罪者，其子孫奚宜與焉？若爲齊國大夫者必有賞邑，則齊君何以共其社稷與諸侯幣帛？嬰請辭。”遂不受。

〇此章與“景公致千金而晏子固不受”、“使田無宇致封邑晏子辭”章旨悉同而辭少異，故著于此篇。

景公使梁丘據致千金之裘晏子固辭不受第二十五

景公賜晏子狐之白裘，玄豹之茈，其貲千金，使梁丘據致之。晏子辭而不受，三反。公曰：“寡人有此二，將欲服之，今夫子不受，寡人不敢服。與其閉藏之，豈如弊之身乎？”晏子曰：“君就賜，使嬰修百官之政，君服之上，而使嬰服之于下，不可以爲教。”固辭而不受。

〇此章與“景公使梁丘據遺之車馬三返不受”章旨同而事少異，故著于此篇。

晏子衣鹿裘以朝景公嗟其貧晏子稱有飾第二十六

晏子相景公，布衣鹿裘以朝。公曰：“夫子之家，若此其貧也，是奚衣之惡也！寡人不知，是寡人之罪也。”晏子對曰：“嬰聞之，盖顧人而後衣食者，不以貪味爲非；盖顧人而後行者，不以邪辟爲累。[1] 嬰不肖，嬰之族又不如嬰也，待嬰以祀其先人者五百家，嬰又得布衣鹿裘而朝，於嬰不有飾乎！”再拜而辭。

○此章與“田無宇請浮晏子”[2]、“景公睹晏子之食而嗟其貧”章旨同而辭少異，故著于此篇。

仲尼稱晏子行補三君而不有果君子也第二十七

仲尼曰：“靈公污，晏子事之以整齊；莊公壯，晏子事之以宣武；景公奢，晏子事之以恭儉：君子也！相三君而善不通下，晏子細人也。”晏子聞之，見仲尼曰：“嬰聞，君子有譏於嬰，是以來見。如嬰者，豈能以道食人者哉！嬰之宗族待嬰而祀其先人者數百家，[3]與齊國之間士待嬰而舉火者數百家，臣爲此仕者也。如臣者，豈能以道食人者哉！”晏子出，仲尼送之以賓客之禮，再拜其辱。反，命門弟子曰：“救民之姓而不夸，行補三君而不有，晏子果君子也。”

○此章與“仲尼之齊不見晏子”、“魯君問何事回曲之君”章旨同而述辭少異，故著於此篇。

---

① “盖顧人”至“爲累”，疑有脱誤。“辟”，《二十二子》本、經訓堂本作“僻”。
② “田”，原作“陳”，據卷六第十二章改。
③ “嬰之”，原作“嬰嬰”；“祀”，原作“祝”，據《二十二子》本、經訓堂本改。

外篇不合經術者第八凡十八章

---

① "願",原誤作"顧",據卷内章題及正文改。
② "殺",原誤作"法",據卷内章題及正文改。
③ "紹",盧文弨云元刻本作"給"。

晏子死景公哭之稱莫復陳吾過第十七[①]
晏子殁左右諛弦章諫景公賜之魚第十八[②]

仲尼見景公景公欲封之晏子以爲不可第一

仲尼之齊，見景公，景公説之，欲封之以爾稽。以告晏子，晏子對曰："不可。彼浩裾自順，不可以教下；好樂綏於民，不可使親治；立命而建事，不可守職；[③]厚葬破民貧國，久喪道哀費日，不可使子民；[④]行之難者在内，而傳者無其外，故異于服，勉于容，不可以道衆而馴百姓。自大賢之滅，周室之卑也，威儀加多，而民行滋薄；聲樂繁充，而世德滋衰。今孔丘盛聲樂以侈世，飾弦歌鼓舞以聚徒，繁登降之禮，趨翔之

---

① "陳"下，卷内章題有"告"字。

② "殁"，卷内章題及正文作"没"。

③ "以告"至"守職"，簡本作"以告晏……下好樂而□□□□□親治立令而殆□不可使守職"。"綏"，《二十二子》本、經訓堂本作"緩"。駢宇騫云："'親治'上殘缺五字，疑作'綏民不可使'，'殆'下一字疑作'事'。《墨子》引作'以告晏子，晏子曰：不可。夫儒浩居而自順者也。好樂而淫人不可使親治，立命而怠事不可使守職'。簡本'殆'當讀爲'怠'，二字皆从'台'聲，古可通假。明本'浩裾'，孫星衍云：'今本"緩"誤"綏"，《鹽鐵論》作"繁於樂而舒於民"，因"舒"知爲"緩"字。'明本'建事'，《墨子》作'怠事'，孫星衍云：'《墨子》作"怠事"是。言恃命而怠於事也。"建"或爲"逮"訛，"逮"亦爲"怠"假音與。'今案孫説近是，作'怠事'義長。'怠事'，荒廢本職事業。孫詒讓云：'孫説未確，"建"與"券"聲近字通，"建事"謂厭倦於事也。《考工記・輈人》云"左不楗"，杜子春云："《書》'楗'作'券'。"鄭康成云："'券'，今'倦'字也。"《墨子・號令篇》云："慎無厭建。"厭建，即厭倦也。'今案孫詒讓説似不確。"

④ "厚葬"至"子民"，簡本作"久喪而循哀不可使子民"，無"厚葬破民貧國"句。駢宇騫云："《墨子》引作'宗喪循哀，不可使慈民'。孫詒讓曰：'循、遂一聲之轉。遂哀，謂哀而不止也。'明本'道'，王念孫云：'案"道"爲"循"字之誤也。"道"與"循"同。"循"之言遂也，"遂哀"謂哀而不止也。'孫星衍云：'"子民"，《墨子》作"慈民"，"子"當讀爲"慈"。'孫詒讓云：'子、慈字通。'"

節以觀衆,[1]傳學不可以儀世,[2]勞思不可以補民,[3]兼壽不能殫其教,當年不能究其禮,積財不能瞻其樂,[4]繁飾邪術以營世君,盛爲聲樂以淫愚其民也。不可以示其教也,不可以導民。[5] 今欲封之,以移齊國之俗,非所以導衆存民也。"公曰:"善。"于是厚其禮而留其封,[6]敬見不問其道,仲尼乃行。

○此並下五章皆毁詆孔子,殊不合經術,[7]故著於此篇。

景公上路寢聞哭聲問梁丘據晏子對第二

景公上路寢,聞哭聲。曰:"吾若聞哭聲,何爲者也?"梁丘據對曰:"魯孔丘之徒鞠語者也。明於禮樂,審於服喪,其母死,葬埋甚厚,服喪三年,哭泣甚疾。"公曰:"豈不可哉!"而

---

① "今孔丘"至"觀衆",簡本作"今孔丘盛爲容飭以蛊世紖歌……衆"。駢宇騫云:"簡本'飭'當讀爲'飾'。'蛊'疑爲'蠱'之省體,蠱,惑亂也。'紖'乃'弦'之或體。《墨子》引作'孔某盛容修飾以蠱世,弦歌鼓舞以聚徒,繁登降之禮以示儀,務趨翔之節以觀衆'。《史記》引作'今孔子盛容飾,繁登降之禮,趨詳之節'。王叔岷《晏子春秋斠證》(以下簡出姓名)云:'"盛聲樂以侈世"與下文"盛爲聲樂以淫愚其民"義復,當從《墨子》作"盛容修飾以蠱世",與下句"弦歌鼓舞以聚徒"相耦,今本"飾"字誤錯在下句"弦歌鼓舞"上,"容修"之作"聲樂"又涉上文"聲樂繁充"而誤也。《史記》作"盛容飾",亦不言"聲樂".'今案王説疑是。"

② "傳",《二十二子》本、經訓堂本、簡本皆作"博"。

③ "以",原脱,據《二十二子》本、經訓堂本補。

④ "當年"至"瞻其樂",簡本"究"作"行","財"作"材","瞻"作"譫"。"瞻",《二十二子》本、經訓堂本作"贍"。駢宇騫云:"簡本'材'當讀爲'財'。簡本'譫'、明本'瞻'皆當讀爲'贍',皆同音假借字。"

⑤ "不可以示"至"導民",簡本作"其道不可以視世其教不可以道衆"。"愚其民"下,《二十二子》本、經訓堂本有"其道"二字。"不可以示"下,《二十二子》本、經訓堂本有"世"字。駢宇騫云:"《墨子》此句作'其道不可以期世,其學不可以導衆'。據《墨子》、簡本足證明本'不苛以示'上脱'其道'或'其道也'字,'示'下脱'世'字。"

⑥ "封",原脱,據《二十二子》本、經訓堂本補。

⑦ "不",原脱,據元刻本補。

色悦之。晏子曰："古者聖人，非不知能繁登降之禮，制規矩之節，行表綴之數以教民，以爲煩人留日，故制禮不羨於便事；非不知能揚干戚鐘鼓竽瑟以勸衆也，以爲費財留工，故制樂不羨于和民；非不知能累世殫國以奉死，哭泣處哀以持久也，而不爲者，知其無補死者而深害生者，故不以導民。今品人飾禮煩事，羨樂淫民，崇死以害生，三者，聖王之所禁也。賢人不用，德毁俗流，故三邪得行于世。是非賢不肖雜，上妄説邪，故好惡不足以導衆。此三者，路世之政，單事之教也。[①] 公曷爲不察，聲受而色悦之？"

仲尼見景公景公曰先生奚不見寡人宰乎第三

仲尼游齊，見景公。景公曰："先生奚不見寡人宰乎？"仲尼對曰："臣聞，晏子事三君而得順焉，是有三心，所以不見也。"仲尼出，景公以其言告晏子，晏子對曰："不然。非嬰爲三心，[②]三君爲一心故，三君皆欲其國之安，是以嬰得順也。嬰聞之，是而非之，非而是之，猶非也。孔丘必據處此一心矣。"

仲尼之齊見景公而不見晏子子貢致問第四

仲尼之齊，見景公而不見晏子。子貢曰："見君不見其從政者，可乎？"仲尼曰："吾聞，晏子事三君而順焉，吾疑其爲

① "單"，《二十二子》本、經訓堂本作"道"。
② "非"，原脱，據王念孫説補。

人。"晏子聞之,曰:"嬰則齊之世民也,不維其行,不識其過,不能自立也。嬰聞之,有幸見愛,無幸見惡,誹譽爲類,①聲響相應,見行而從之者也。嬰聞之,以一心事三君者,所以順焉;以三心事一君者,不順焉。今未見嬰之行,而非其順也。嬰聞之,君子獨立不慚于影,獨寢不慚於魂。孔子拔樹削迹,不自以爲辱;窮陳蔡,不自以爲約;非人不得其故,是猶澤人之非斤斧,山人之非網罟也,出之其口,不知其困也。始吾望傳而貴之,今吾望傳而疑之。②"仲尼聞之曰:"語有之:'言發於爾,不可止於遠也;行存於身,不可掩於衆也。'吾竊議晏子而不中夫人之過,吾罪幾矣。丘聞,君子過人以爲友,不及人以爲師。今丘失言於夫子,譏之,是吾師也。"因宰我而謝焉,然仲尼見之。③

景公出田顧問晏子若人之衆有孔子乎第五

景公出田,寒,故以爲渾,猶顧而問晏子曰:"若人之衆,則有孔子焉乎?"晏子對曰:"有孔子焉?則無。有若舜焉?則嬰不識。"公曰:"孔子之不逮舜爲間矣,曷爲'有孔子焉,則無。有若舜焉?則嬰不識'?"晏子對曰:"是乃孔子之所以不逮舜。孔子,行一節者也,處民之中,其過之識,況乎處君之中乎!舜者,處民之中,④則自齊乎士;處君子之中,則齊乎

---

① "譽",《二十二子》本、經訓堂本作"謗"。
② 兩"傳"字,《二十二子》本、經訓堂本皆作"儒"。
③ "然"下,疑脱"後"字。
④ "處民",原誤倒,據《二十二子》本、經訓堂本乙正。

君子;上與聖人,則固聖人之材也。[①] 此乃孔子之所以不逮舜也。"

仲尼相魯景公患之晏子對以勿憂第六

仲尼相魯,景公患之,謂晏子曰:"鄰國有聖人,敵國之憂也。今孔子相魯,若何?"晏子對曰:"君其勿憂。彼魯君,弱主也;孔子,聖相也。君不如陰重孔子,設以相齊,孔子強諫而不聽,必驕魯而有齊,君勿納也。夫絶於魯,無主于齊,孔子困矣。"居期年,孔子去魯之齊,景公不納,故困於陳蔡之間。

〇此上五章皆毀詆孔子,而此章復稱爲聖相,設相齊以孔子,[②]似非乎仲之所宜,[③]故著於此篇。

景公問有臣有兄弟而強足恃乎晏子對不足恃第七

景公問晏子曰:"有臣而強,足恃乎?"晏子對曰:"不足恃。""有兄弟而強,足恃乎?"晏子對曰:"不足恃。"公忿然作色曰:"吾今有恃乎?"晏子對曰:"有臣而強,無甚如湯;有兄弟而強,無甚如桀。湯有弑其君,桀有亡其兄,豈以人爲足恃哉,可以無亡也!"

---

① "材",《二十二子》本、經訓堂本作"林"。
② "相齊以"下,盧文弨云元刻本有"困"字。
③ "乎仲",當爲"平仲"之誤,盧文弨云元刻本作"平仲"。

〇此章與景公問臣并兄弟之強而晏子對以湯桀,[①]無以垂訓,故著於此篇。

景公游牛山少樂請晏子一願第八

景公游于牛山,少樂,公曰:"請晏子一願。"晏子對曰:"不,嬰何願?"公曰:"晏子一願。"對曰:"臣願有君而見畏,有妻而見歸,有子而可遺。"公曰:"善乎,晏子之願![②] 載一願。"晏子對曰:"臣願有君而明,有妻而材,家不貧,有良鄰。有君而明,日順嬰之行;有妻而材,則使嬰不忘;家不貧,則不慍朋友所識;有良鄰,則日見君子:嬰之願也。"公曰:"善乎,晏子之願也!"晏子對曰:"臣願有君而可輔,有妻而可去,有子而可怒。"公曰:"善乎,晏子之願也!"

〇此章裁晏子之願如此,[③]無以垂訓,故著於此篇。

景公爲大鐘晏子與仲尼柏常騫知將毁第九

景公爲大鐘,將縣之。晏子、仲尼、柏常騫三人朝,俱曰:"鐘將毁。"衝之,果毁。公召三子者而問之。晏子曰:[④]"鍾大,不祀先君而以燕,非禮,是以曰鍾將毁。"仲尼曰:"鍾大而懸下,衝之,其氣下回而上薄,[⑤]是以曰鍾將毁。"柏常騫曰:

---

① "與"字疑誤。
② "乎晏",原誤倒,據《二十二子》本、經訓堂本乙正。
③ "裁",盧文弨云元刻本作"載"。
④ "晏子"下,《二十二子》本、經訓堂本有"對"字。
⑤ "上",原作"下",據《二十二子》本、經訓堂本改。

"今庚申,雷日也,音莫勝於雷,是以曰鍾將毀也。"

○此章與"景公爲泰吕成將燕饗晏子諫"章旨同而尤近怪,故著于此篇。

田無宇非晏子有老妻晏子對以去老謂之亂第十

田無宇見晏子獨立於閨内,有婦人出於室者,髮班白,衣緇布之衣而無裏裘。田無宇譏之曰:"出於室爲何者也?"晏子曰:"嬰之家也。"無宇曰:"位爲中卿,田七十萬,何以老爲妻?"對曰:"嬰聞之,去老者謂之亂,納少者謂之淫。且夫見色而忘義,處富貴而失倫,謂之逆道。嬰可以有淫亂之行,不顧于倫,逆古之道乎?"

○此章與"景公以晏子妻老欲納愛女"旨同而事異。陳無宇雖至凡品,亦未應以是誚晏子,没非晏子者將納其説見棄妻乎?① 無以垂訓,故著于此篇。

工女欲入身於晏子晏子辭不受第十一

有工女托於晏子之家焉者,曰:"婢妾,在廓之野人也。② 願得入身,比數於下陳焉。"晏子曰:"乃今日而後自知吾不肖也! 古之爲政者,士農工商異居,男女有别而不通,故士無邪行,女無淫事。今僕托國主民,而女欲奔僕,僕必色見而行無廉也。"遂不見。

---

① "没",盧文弨《群書拾補》云元刻本作"設"。
② "在",《二十二子》本、經訓堂本作"東"。

〇此章與“犯傷槐之令者女求入晏子家”事同而辭略，且無因而至，故著于此篇。

景公欲誅羽人晏子以爲法不宜殺第十二

景公蓋姣，有羽人視景公僭者。公謂左右曰：“問之，何視寡人之僭也。”羽人對曰：“言亦死，而不言亦死，竊姣公也。”公曰：“合色寡人也？殺之！”晏子不時而入見曰：“蓋聞君有所怒羽人。”公曰：“然。色寡人，故將殺之。”晏子對曰：“嬰聞拒欲不道，惡愛不祥，雖使色君，於法不宜殺也。”公曰：“惡然乎！若使沐浴，寡人將使抱背。”

〇此章不典，無以垂訓，故著于此篇。

景公謂晏子東海之中有水而赤晏子詳對第十三

景公謂晏子曰：“東海之中，有水而赤，其中有棗，華而不實，何也？”晏子對曰：“昔者秦繆公乘龍而理天下，①以黄布裹烝棗，至東海而捐其布，彼黄布，②故水赤；烝棗，故華而不實。”公曰：“吾詳問，子何爲？”對曰：“嬰聞之，詳問者，亦詳對之也。”

〇此并下一章語數俳而義無所取，③故著於此篇。

---

① “龍”下，《二十二子》本、經訓堂本有“舟”字。
② “彼”，《二十二子》本、經訓堂本作“破”。
③ “數”，盧文弨《群書拾補》云元刻本作“類”。

景公問天下有極大極細晏子對第十四

景公問晏子曰:“天下有極大乎?”晏子對曰:“有。足游浮雲,①背淩蒼天,尾偃天間,躍啄北海,頸尾咳於天地乎!然而漻漻不知六翮之所在。”公曰:“天下有極細乎?”晏子對曰:“有。東海有蟲,②巢於蚊睫,再乳再飛,而蚊不爲驚。臣嬰不知其名,而東海漁者命曰焦冥。”

莊公圖莒國人擾紹以晏子在乃止第十五③

莊公闔門而圖莒,國人以爲有亂也,皆操長兵而立於閭。公召睢休相而問曰:“寡人闔門而圖莒,國人以爲有亂,皆摽長兵而立於衢閭,奈何?”休相對曰:“誠無亂而國以爲有,則仁人不存。請令于國,言晏子之在也。”公曰:“諾。”以令於國:“孰謂國有亂者,晏子在焉。”然後皆散兵而歸。君子曰:“夫行不可不務也。晏子存而民心安,此一日之所爲也,④所以見於前信於後者。是以晏子立人臣之位,而安萬民之心。”

○此章特以晏子而紹國人,故著于此篇。

---

① “足游浮雲”,王念孫云“足”上當有“鵬”字。《太平御覽》卷九二七《羽族部》十四“鵬”下引晏子對曰作“鵬浮游雲”。

② “蟲”,《二十二子》本、經訓堂本作“蟲”。

③ “紹”,盧文弨《群書拾補》云:“元刻本末注云:此章特以晏子而給國人,故著於此篇。”是盧氏所見元刻本“紹”作“給”。

④ “一日”上,《二十二子》本、經訓堂本有“非”字。

晏子死景公馳往哭哀畢而去第十六[①]

景公游於菑，聞晏子死，公乘侈輿服繁駔驅之。而因爲遲，下車而趨；知不若車之遬，則又乘。比至於國者，四下而趨。行哭而往，伏尸而號，曰："子大夫日夜責寡人，不遺尺寸，寡人猶且淫泆而不收，怨罪重積于百姓。今天降禍於齊，[②]不加于寡人，而加於夫子，齊國之社稷危矣，百姓將誰告夫！"

〇此并下二章皆晏子歿後景公追懷之言，故著于此篇。

晏子死景公哭之稱莫復陳告吾過第十七

晏子死，景公操玉加於晏子而哭之，涕沾襟。章子諫曰："非禮也。"公曰："安用禮乎？昔者吾與夫子游於公邑之上，一日而三不聽寡人，今其孰能然乎！吾失夫子則亡，何禮之有？"免而哭，哀盡而去。

晏子没左右諛弦章諫景公賜之魚第十八

晏子没十有七年，景公飲諸大夫酒。[③] 公射，出質，堂上唱善，若出一口。公作色太息，播弓矢。弦章入，公曰："章，

---

① "往哭"，原誤倒，據卷首目録乙正。
② "今"，原作"令"，據《二十二子》本、經訓堂本改。
③ "公"上，簡本無"景"字。

吾失晏子，未嘗聞吾不善。①”章曰：“臣聞，君好臣服，君嗜臣食，尺蠖食黄身黄，食蒼身蒼，君其食諂人言乎？②”公曰：“善。”賜弦章魚五十乘。弦章歸，魚車塞途，章撫其僕曰：“曩之唱善者，皆欲此魚也。”固辭不受。③

---

① “弦章”至“不善”，簡本作“絃章入公曰章自吾失□□於今十有七年未嘗聞吾不善今射出質昌善者若出一口”。駢宇騫云：“簡本‘絃’當讀爲‘弦’。”

② “章曰”至“言乎”，簡本作“絃章合曰此諸臣之不宵也智不足以智君之不善勇不足不以犯君之詙此諸臣之不宵也然而有一焉臣聞斥汚食黄其身黄食青其身青君其有食乎甾人之言輿”。駢宇騫云：“簡本‘絃’當讀爲‘弦’、‘合’當讀爲‘答’、‘宵’當讀爲‘肖’、‘智君’當讀爲‘知君’。‘詙’从‘彦’聲，當讀爲‘顔’。‘勇不足’下‘不’字，當涉上文而誤衍。‘斥汚’當讀爲‘尺蠖’，‘斥’與‘尺’、‘汚’與‘蠖’古音皆相近，可通假。”

③ “失晏子”至“不受”，《二十二子》本、經訓堂本作“自晏子歿後不復聞不善之事弦章對曰君好之則臣服之君嗜之則臣食之尺蠖食黄則黄食蒼則蒼是也公曰善吾不食諂人以言也以魚五十乘賜弦章章歸魚車塞塗撫其御之手曰昔者晏子辭黨以正君故過失不掩之今諸臣諛以干利吾若受魚是反晏子之義而順諂諛之欲固辭魚不受君子曰弦章之廉晏子之遺行也”。“章撫”至“不受”，簡本作“□□□之手曰襄之昌善者皆欲若魚者也昔者晏子辭賞以正君故過不弇今諸臣甾臾以弋利故出質而昌善若出一口今所以補君未見於□□□□□□□晏子之義而順甾臾之欲也固辭而弗受”。“弗受”以下，簡本尚有“公曰絃章之廉晏子之□……”，以下字迹殘缺。駢宇騫云：“‘襄’當讀爲‘曩’，‘弇’當讀爲‘掩’，‘甾臾’當讀爲‘諂諛’。簡文‘弋’，《書・多士》‘非我小國，敢弋殷命’，傳云：‘弋，取也。’‘補’當讀爲‘輔’。‘晏子之義’上缺文，據《説苑》疑當爲‘衆而若受魚是反’七字。”